Fra fuldtidsalkoholiker til fuldtidsfar

MARTIN MOLLERUP JOHANSEN

Fra fuldtidsalkoholiker til fuldtidsfar

Fortalt til Maja Rosendal Avnbøg

Jeg hedder Martin og er 43 år. Jeg er selvstændig tømrer, gift og er far til tre børn på fem, syv og tretten. Jeg er ædru alkoholiker og clean narkoman på 13. år. Jeg er opvokset i en rigtig kernefamilie og er den mellemste af tre søskende.

Denne bog er min historie om, at det godt kan lade sig gøre at være tidligere misbruger og alligevel få bopæl og forældremyndighed over sit barn.

Tak til:

Maja Rosendal Avnbøg, min ghostwriter

Mia Wagner, min advokat

Morten Ebdrup, min vejleder

Min kone og børn, min faste base

Mine venner, for at bakke mig op.

Mine forældre, for altid at være der.

Erik Jørgensen, min anden advokat

Alle, som har lyttet til min historie

Forord

Første gang, jeg mødte Martin Johansen, kom han ind på mit advokatkontor og bad mig hjælpe sig med at få sin datter Freja flyttet til de trygge omgivelser, som han oplevede, at hun manglede.

Når man tager imod en ny klient og skal vurdere, om man vil og kan hjælpe vedkommende med at få et barn til at flytte bopæl, gør man sig nødvendigvis nogle tanker om det menneske, der står foran en. Man ved, at der ligger en fremtidig kamp, som man skal kunne klare i et tillidsfuldt fællesskab, og man ved, at processen i sig selv vil belaste begge forældre og deres fælles barn. Derfor vælger en samvittighedsfuld advokat sine familieretlige kampe med omhu.

Heldigvis er Martin Johansen et gennemsigtigt menneske. Man ser straks hans mildhed, omsorg og saglighed, når man møder ham. Det var tydeligt fra første færd, at her var en far, som var oprigtigt bekymret for sin datter, og som ønskede den bedste løsning for hende.

Det viste sig da også, at Martin havde ret i, at der var grund til at være bekymret for den tilværelse Freja levede i dengang.

Det er et stort skridt at flytte et barn væk fra sin mor, og det er derfor umådeligt svært at overbevise en dommer om, at det er det rigtig valg. Derfor måtte vi desværre kæmpe i meget lang tid, før Freja kunne få det hjem, hun fortjente.

Som alle andre af de livskampe Martin Johansen har været igennem, formåede han at gøre det, mens han samtidig skånede alle parter og pårørende mest muligt.

Martins historie er en historie om de ting, vi gør, for ikke at mærke hvordan vi har det. Om hvordan virkeligheden rammer os dobbelt så hårdt, når vi flygter fra den. Det kan være svært at forstå, hvorfor Martin havde brug for at skade sig selv så meget for at flygte fra virkeligheden.

Jeg håber, at historien giver forståelse, accept og tolerance over for handlinger, man gør, selvom de kan skade både os selv og vores pårørende.

Jeg har kendt Martin i mange år og alligevel er det først med denne bog, at jeg for alvor forstår mennesket bag den store personlige rejse, han har været på.

Jeg ser nu, at Martin måtte igennem både et alkohol- og stofmisbrug og finde en usædvanlig stor selv-disciplin og accept af sig selv, før han blev til den svane, han er.

Jeg vil bruge Martins historie til at huske, at alle mennesker fortjener at blive mødt med nysgerrighed og ikke fordømmelse – og at vi alle er svaner, selvom vi kan føle os som grimme ællinger.

Martins historie er også en historie om gode mennesker.

Det er en historie om en familie, der altid bakker op, fordi kærlighed er stærk.

Det er en historie om vennerne, der hjalp Martin i behandling. Om et dedikeret personale på behandlingshjemmet Møllen, om Helle som kærligt har bakket Martin op og stået ham bi, og selvfølgelig også en historie om Morten Ebdrup, Erik Jørgensen og jeg selv, der alle bidrog til, at Freja kom i rette havn.

Intet menneske er en ø. Vores liv fletter sig ind og ud af hinanden.

Når du læser den bog, du har i hånden, vil du møde et særligt menneske. Man kan få den tanke, at Martin er så godt et menneske, at det har været svært for ham at være i den til tider barske, virkelige verden. Sådan er der mange, der har det. Der er masser af engle her på jorden, som skal så grueligt meget igennem, før de finder deres rette hylde.

Al modgang gør stærk.

Husk på det og bliv inspireret af Martins åbenhed og styrke!

Advokat Mia Wagner

Del 1

Da jeg går ind i hestestalden, sidder pigen på gulvet i sit vintertøj og roder i en spand med korn. Jeg bliver helt varm, og mit hjerte hamrer. *Det er min lille pige, det der. Den lille engel har jeg været med til at lave. Mit kød og blod!*

Jeg havde ikke regnet med at komme til se hende. Ikke fordi, jeg ikke kunne få lov af hendes mor. Men fordi jeg troede, jeg ikke havde fortjent det.

Men nu sidder hun dér foran mig, det lille menneske. Pludselig kigger hun op på mig med sine grønne øjne. *Hun ved godt, hvem jeg er.*

Det kan jeg se på hende, selvom vi ikke har set hinanden mere end én gang. Jeg smelter.

Jeg tager hende op på min arm og snakker til hende. Det må være mærkeligt for hende.

Jeg er en mand, som hun måske godt kender, og så alligevel ikke. Den samme følelse har jeg. Jeg ved godt, at hun er min. Men jeg kender hende ikke.

*

9

Da jeg blev udskrevet fra behandlingsstedet Møllen, var min datter, ti måneder gammel. Jeg havde talt med hendes mor Puk om, at jeg skulle se Freja. På et tidspunkt. Langt om længe fik jeg lavet en aftale, og jeg tog min svoger med. For jeg havde ingen anelse om, hvordan jeg ville reagere, når jeg skulle se min datter rigtigt for første gang.

I løbet af min tid som misbruger havde jeg ikke følt den der betingelsesløse glæde. Jeg havde ikke prøvet at føle lykke uden alkoholen og stofferne. Jeg vidste ikke, hvordan det skulle føles.

Nogle gange kunne jeg tage mig selv i at tænke over, hvordan andre mennesker, der ikke har været igennem det samme som jeg, mon følte. Hvordan føler de dét at få børn, blive gift, opleve død, opleve liv?

Jeg har på intet tidspunkt været bange for at dø. Jeg ville være ked af at dø tidligt, men jeg kan ikke ændre på det.

Da jeg senere fik en søn, var jeg sikker på, at jeg mærkede følelsen af lykke. Det var i hvert fald en følelse, jeg ikke kunne styre. Det var ikke en mani, for jeg jagtede ikke noget. Men da han blev født, og jeg så ham første gang, gav min krop slip. Jeg kunne ikke kontrollere mine følelser. Og det var ubeskriveligt.

Jeg tænker, at når man ikke kan kontrollere sine følelser, må dét være det tætteste, man kan komme på at føle lykke. Men følelser skal ikke være kontrollerbare. Jeg kan fortælle mig selv, at det her må jeg gerne føle. Og kroppen kan fortælle mig det. Men i mange år har jeg brugt alle mine ressourcer på at kontrollere mig selv for ikke at føle.

Hver gang jeg tog en bane kokain, fik jeg en rus. Det var lykkefølelse i pulverform. Lykkefølelsen af at kunne alt. Indtagelse af kokain får kroppen til at producere endorfiner i belønningscentret. Det er i virkeligheden nok mere mani, end det er lykke. Men det er det samme stof, hjernen producerer, når man får et adrenalinkick ved for eksempel at bungee jumpe. Dét kick har dog sine grænser. Det stopper gradvist. Kokainen gør, at man kan få følelsen til at vare ved længe, når bare man fylder på.

*

På mit værelse hos mine forældre, hvor jeg boede, fordi jeg var blevet smidt ud af min lejlighed, havde jeg et stort akvarie med Malawi-chiklider, som jeg syntes, var ret fede. Men jeg ville gerne have flere fisk, så jeg gik ind i byens dyrehandel for at se, hvad de havde. Under besøget snakkede jeg med dyrehandleren. Impulsivt spurgte jeg, om ikke jeg skulle arbejde hos ham?

Klokken otte om morgenen startede vi med at rydde op og ordne ved alle dyrene. Det var et godt arbejde. Jeg kunne lide at være der. Og jeg var stabil.

Men jeg løj for alle, som jeg altid havde gjort. Jeg brød mig i bund og grund ikke om den, jeg var som person. Jeg prøvede at være en anden.

*

Jeg blev efter et selvmordsforsøg indlagt på sygehuset, hvor de diagnosticerede mig som maniodepressiv.

Lægerne besluttede derefter, at de ville have mig indlagt på Døgnhus Viborg for at se, hvor dét ville bringe mig hen.

Døgnhuset er ikke et fængsel eller en lukket afdeling. Man kan gå og komme, som man vil. Og der var så mange ting, jeg gerne ville. Jeg ville blandt andet gerne have en motorcykel.

Jeg havde ikke noget motorcykelkørekort. Men jeg ville have en motorcykel.

Sælgeren hos en af Viborgs forhandlere stillede sig tvivlende overfor, om jeg kunne betale de 78.000 kroner, som den motorcykel, jeg ville have, kostede.

- Hvis du kan få lavet en bankgaranti på, at du kan få de penge, så er det fint nok, lovede han.

Det kunne jeg jo ikke. Men jeg kunne fabrikere én selv.

Sedlen var virkelig dårligt lavet. Jeg havde skrevet den på en computer, som stod i kælderen i Døgnhuset. Jeg skrev dét, jeg syntes, der skulle stå, printede den ud, og skrev under med min bankrådgivers navn. Det skal man lade være med.

Der tog kun et øjeblik, fra jeg havde afleveret "garantien" i butikken, til jeg blev hentet af politiet og anholdt. Jeg blev senere idømt et års betinget fængsel for dokumentfalsk.

*

I dyrehandlen fik jeg lov til at komme med til møder med forskellige grossister og forhandlere af hundefoder.

Når der skulle laves annoncer til avisen, var jeg også med. På den måde fik jeg noget ansvar, og det kunne jeg godt lide.

En fyr kom ind i butikken. Hele hans attitude strålede langt væk af noget, der ikke var rigtigt godt.

Men han kunne nogle ting. Blandt andet fortalte han historier om, hvordan han havde lavet tyverier og tjent en frygtelig masse penge. Og om det store musikanlæg i hans bil og så videre. Jeg kendte ham ikke. Men det gjorde Dyrehandleren.

- Han er en skidt fyr, Martin.

En dag ringede manden med tatoveringerne ned til butikken.

- Ka' jeg ikke lige ha' en trailer til at stå omme i gården hos jer?

Så kom han med en hel trailer fuld af køkkener, der var stjålet fra en byggeplads. Dyrehandleren og jeg var målløse.

- Den ska' du ikke ha' til at stå her. Det ska' sgu væk!

En dag inviterede manden Dyrehandleren og mig hjem til nogle bajere i hans hus ved Viborg. Dyrehandleren havde en fortid inden for den verden, som manden øjensynligt kom fra. Men Dyrehandleren var blevet mere voksen og havde fået barn. Og hans kone syntes ikke om, at han omgik de typer.

Men der var noget spændende over hele atmosfæren, så vi tog alligevel derhen.

I løbet af aftenen blev vi stinkende fulde og ville på værtshus inde i Viborg. Vi satte os i en bil og kørte derindad.

- Vi prøver sgu at køre over for rødt lys, sagde manden pludselig. Så i det mest befærdede kryds i hele Viborg kørte vi for fulde gardin over for rødt lys. Af en eller andet utrolig grund blev vi ikke ramt. Og vi ramte ikke nogen. Det blev jeg helt høj over. Mit hjerte hamrede. Mit blod susede.

*

Der kom en anden kunde i dyrehandlen. En helt anden type. Han var bred over skuldrene og havde tatoveringer på halsen og fingrene. Hans stemme var dyb og rusten. Kvinden, han havde med, var tynd og trænet og havde silikonebryster.

Manden var rocker. Og så alligevel ikke. Han var ikke tilknyttet nogen bestemt gruppe, for han var ikke interesseret i at være bundet.

Men den verden, som den type mennesker befinder sig i, er uhyre tiltalende på mig. Jeg synes, den loyalitet, man har over for hinanden i en klub, er fed. Og samtidig er der store Harley Davidson motorcykler, tatoveringer og masser af bilfester.

Jeg vidste godt, at når man havde sådan en ven og var sammen med ham så ofte, som jeg efterhånden var, var man på en måde også med i det. Det, der karakteriserer

15

rockerne, er, at der altid forekommer en smule kriminalitet.

Jeg vil ikke sige, at jeg *ikke* har været kriminel. Jeg *har* haft fingrene nede i kagedåsen. Jeg *har* været misbruger af de ting, de kunne skaffe. Og jeg *har* været tilhænger af motorcyklerne, festerne og bajerne. Men jeg har aldrig truet nogen eller gjort nogen noget, og jeg er ikke blevet bedt om det. Det er jeg blevet forskånet for.

Jeg kunne godt have været blevet en fasttømret del af den verden. Og så alligevel ikke.

Det var Rockerens skyld, at jeg ikke blev rocker, for han holdt mig udenfor. Han kunne godt gennemskue, at jeg var en pjevs og ikke ville have samvittigheden til det. At jeg ikke ville kunne holde min kæft med de ting, jeg gjorde eller så.

Dyrehandleren måtte have fortalt Rockeren, at jeg var håndværkersøn. For en dag, hvor vi sad og snakkede i butikken, spurgte Rockeren, om jeg ville lave nogle trappetrin og noget forskelligt i hans hus. Det sagde jeg ja til, og på den måde lærte jeg ham bedre at kende. Han var en rigtigt fin fyr og hyggelig at være sammen med. Han havde siddet inde for vold mod tjenestemand i funktion og for mordforsøg, men havde ellers altid holdt sin sti ren. Der var ikke nogen, som havde gjort noget eller siddet inde for hans skyld. Han havde selv taget de slag, som livet havde givet ham, på sin egen kappe. Og det respekterede jeg ham for, selvom han var den person, han var.

Efter ikke havde snakket sammen i seks-syv år, ringede han en dag og spurgte, om jeg ville hjælpe ham med at bygge et hus. Det ville jeg ikke. Men jeg har sidenhen tænkt på, om jeg skulle besøge ham i Thailand, hvor han bor nu.

Men jeg tør ikke. Jeg er ikke sikker på, at jeg vil kunne holde mig fra de ting, der er den sikre vej til min afgrund.

Da vi havde kendt hinanden noget tid, spurgte Rockeren, om jeg ville med til Nordsjælland og besøge en kammerat, Jørgen, som havde købt en ejendom med sin kæreste, Bente.
- Har du lyst til at hjælpe med at renovere stedet derovre?
- Tja, hvorfor ikke?"

Vi kørte af sted en fredag aften og mødte Jørgen og Bente, der havde købt en landejendom mellem Fredensborg og Hørsholm.

Det var nogle småting, der skulle laves; et vaskerum og en dør, der skulle vendes. Og det ville jeg godt lave.

I starten kørte min gode ven Hans, som er uddannet

elektronikmekaniker, med derover, fordi der også skulle laves strøm på ejendommen.

På et tidspunkt, hvor vi havde kørt frem og tilbage hver weekend, spurgte Jørgen og Bente, om jeg ikke ville flytte derover og arbejde, for Jørgen kunne skaffe mig mere arbejde, hvis jeg var interesseret. Det ville jeg gerne. På den måde kunne jeg også komme lidt væk fra min hverdag og min familie; komme ud og prøve noget nyt.

Så jeg sagde op i dyrehandlen, fremlejede min lejlighed og flyttede til Nordsjælland.

Jeg var 24 år gammel og 370 km væk fra alt det, jeg kendte. Det blev et vendepunkt for mig.

*

Hver eneste gang, jeg hentede Hans på Hovedbanegården, røg vi på værtshus i København, hvor vi hang ud og drak Galliano-shots og bajer.

Det endte altid med, at vi huggede om, hvem der skulle køre hjem til Nordsjælland. Og jeg tabte hver gang. Men jeg følte mig som en helvedes karl, så jeg kunne sagtens køre, selvom jeg ikke altid var lige ædru. Engang var vi på Christiania, og jeg kørte hjem i en kæmpe hashkoger. Jeg syntes, det gik alt for stærkt, mens jeg kørte på motorvejen. Men speedometeret sagde 60 km i timen. Jeg havde det virkelig dårligt. Men jeg havde intet filter, der sagde "vi lader lige bilen stå" eller "jeg ta'r lige en lur". Nej, jeg skulle bare hjem.

Sådan var mine beslutninger. Alt for impulsive. Og sikkert var det, at vi næste morgen altid vågnede med tømmermænd, når vi skulle på arbejde.

Mens Hans og jeg byggede en lejlighed på Jørgen og Bentes ejendom, købte jeg en bil på afbetaling over nogle måneder. Den skulle betales hurtigt, for jeg kunne ikke holde på pengene. Lige så hurtigt, jeg kunne tjene dem, lige så hurtigt kunne jeg bruge dem på fester og alkohol.

Jeg drak ikke ret meget i dagtimerne. Og heller ikke hver aften. Men når jeg var ude og besøge nogen, så drak jeg.

På et tidspunkt gik lejlighedsbyggeriet i hårknude. Det gik ikke så hurtigt, som de havde regnet med, og den kommende lejer sprang fra.

Da Jørgen og Bente fandt nogle andre lejere, gjorde jeg arbejdet færdig med hjælp fra en lokal fyr. Den nye lejer skaffede mig derefter nogle småjobs mod kost og logi.

*

Mit alkoholforbrug eskalerede langsomt. Nu var der bajere på alle hverdagsaftener.

Jeg var blevet præsenteret for kombinationen af en Fernet Branca og en bajer. Dét kunne jeg godt lide. Så dem fik jeg nogle stykker af en gang imellem - uden at føle, at det var for meget.

Men pludselig blev der drukket hver dag - også mere end jeg regnede med.

Når klokken var tolv, fik vi en øl eller to. Og når dagen var omme, fik vi måske også en øl eller to eller tre og et glas rødvin til aften. Det var der for så vidt ikke noget galt i. Eller jo. Det var der. Jeg lagde bare ikke mærke til det.

*

Jeg trængte efterhånden til at komme væk fra Jørgen og Bente. Jeg var træt af den au pair-agtige måde, vores forhold kørte på, hvor jeg lavede alle deres ting og fik kost og logi for det. Jeg syntes ikke rigtigt, jeg fik noget ud af det.

Jeg havde fået en rigtig god ven, Linas. Han var en litauer, som jeg arbejdede sammen med på nogle andre ejendomme i Hornbæk.

I første omgang flyttede jeg sammen med Linas i en skurvogn, men fik efterfølgende en fin, lille lejlighed i Gunnerød.

Gennem en fælles bekendt mødte jeg Michael. En fantastisk fyr, som jeg også havde det godt sammen med.

Som tiden gik, begyndte Jørgen og Michael at stille spørgsmål til den måde, jeg drak på og mine løgne. - Du skal have noget hjælp på en eller anden måde, var de enige om.

Med deres hjælp kom jeg til Psykiatrisk Afdeling på Hillerød Sygehus. Jeg kunne godt mærke, der var et eller andet galt.

Jeg må jo have en eller anden diagnose.

På Hillerød er det som på alle mulige andre psykiatriske sygehuse; man er indlagt noget tid og så får man noget medicin.

De mente, jeg var maniodepressiv. Og så var det dét. Jeg ved godt, jeg er depressiv en gang imellem og ikke har for høje tanker om mig selv, når jeg ikke får dét, jeg går efter. Og lige så manisk er jeg, når jeg så *får* det. Så vil mere have mere.

Jeg var på Hillerød, indtil de udskrevne lykkepiller begyndte at virke.

*

Jens og hans far Finn havde et byggefirma i Nordsjælland. De skulle bygge et træhus på Strandvejen i Humlebæk. De plejede at være tre ansatte: Jens, Finn og Bjarne. Men på det tidspunkt var Jens sygemeldt med dårlig ryg.

De to tilbageværende spurgte, om jeg ville arbejde sammen med dem.

Jeg havde mange timer hver dag hos dem. Finn hentede mig hver morgen. Han plejede at være på antabus, fik jeg at vide. Men det var han ikke længere, og dét var der ikke noget fordækt i. I hvert fald ikke til at starte med. Og så alligevel.

Når vi havde formiddagspause, fik vi en bajer. Når vi havde frokostpause, kørte vi ned til vandet i Humlebæk og fik frokost og bajere. Og det blev mere og mere.

Alligevel passede jeg mit arbejde og fik 7000 kroner udbetalt hver 14. dag.

Men alkoholforbruget eskalerede.

Jens kom tilbage. Og nu var han også på antabus som sin far. I hvert fald officielt.

Vi arbejdede på træhuset, men blev meldt til Arbejdstilsynet af en nabo, og blev påbudt at opstille et stillads om huset og få en skurvogn på arbejdspladsen.

I den skurvogn drak vi rigtig, rigtig mange bajer.

Hver morgen klokken syv kørte vi til Statoil i Humlebæk og købte vores bajer. Til formiddagspausen;

en bajer mere og stafetter blev sendt frem og tilbage til købmanden efter flere i løbet af dagen.

Dér var min alkoholisme sprunget fuldstændig ud. Jeg drak fra klokken syv om morgenen, til jeg gik i seng. Hver dag.

Jeg var 27 år gammel.

*

Anden gang, jeg prøvede at begå selvmord, var midt i en bølge af bekræftelsesafhængighed. Jeg var til en fest i Næstved med en pige, jeg kærestede lidt med. Linas var også med. Vi festede og drak, og midt i det hele var min pige sammen med en anden.

Der var så mange ting, der fløj igennem mit hoved den aften. Jeg blev frygtelig ked af det. Frygtelig sur og frygtelig aggressiv, fordi jeg ikke kunne få det, som jeg gerne ville have det. Det endte med, at jeg kørte derfra i mit blackout med Linas på passagersædet.

Pludselig, mens jeg kørte ud ad landevejen, havde jeg ikke lyst til at være mere.

Nu kører jeg kræftedme i vandet og så færdig med dét.

På vejen ned til Kobæk Strand blev jeg enig med mig selv om bare at fortsætte lige ud i vandet i stedet for at stoppe, når vejen stoppede.

At nogen havde placeret en kæmpestor sten dér, hvor den blinde vej plejer at fortsætte ud i vandet, havde jeg ikke lige regnet med. Så med 80 kilometer i timen bragede jeg ind i stenen.

- Du er fuldstændig sindssyg! råbte Linas.

Jeg havde slet ikke tænkt over, at jeg havde Linas til at sidde ved siden af.

Der var utroligt nok ikke sket noget med ham. Jeg selv havde bøjet rattet, smadret forruden og flækket læben – præcis de samme skader som ved mit første selvmordsforsøg, hvor jeg var kørt ind i en elmast. Linas havde nogle få dollars i sin pung. For dem kom vi et stykke hjemad i taxa. Derfra måtte vi ringe til Jørgen, der hentede os.

Da jeg fuldstændig forslået over hele kroppen vågnede op dagen efter, havde jeg tømmermænd og ondt af mig selv. Midt i al ynkeriet ringede politiet.

- Hvad er historien med den bil, der står nede på Kobæk Strand?

- Hvad?

- Får du den selv fjernet? Eller skal vi fjerne den på din regning?

Så begyndte det hele at dæmre for mig. Bilen og stenen...fuck!

Jeg lånte Bentes firhjulstrækker og en autotrailer og kørte ned og hentede bilen, der var fuldstændig kvast.

Motoren lå halvt inde på førersædet. Det var utroligt, der havde siddet nogen, som havde overlevet, i den bil. Det var helt surrealistisk at samle den op.

Jeg er stadig rystet over, at man kan være så beslutningsdygtig i sådan en situation. Og så egoistisk. Det er chokerende, at mit liv var så lidt værd for mig selv, at jeg bare kunne tage den beslutning. Og samtidig havde jeg en fyr med i bilen, som jeg faktisk godt kunne lide. At sætte hans liv på spil også var helt vanvittigt.

Men der er slet ingen tvivl om, at jeg var fuldstændig ligeglad. Det var bare en beslutning, der blev taget inde i mit hoved. Sådan skulle det være. Det kunne have slået et andet menneske ihjel.

*

Mens jeg boede hos Jørgen og Bente, flyttede en kvinde ved navn Puk ind i en af lejlighederne med sin søn og sine tre heste.

Jeg havde ikke noget med hende at gøre. Hun havde en masse kærester, og var et rodehoved. Hendes søn så frygtelig pjusket ud. Beskidt og nusset, altid snot under næsen. Hun passede ham ikke, som en mor skal. Puk fortalte en frygtelig historie om en kæreste, der havde smidt hende ud og taget alle hendes ting. Blandt andet hendes tre heste.

Vi havde alle meget ondt af hende. Hun var utroligt veltalende, velformuleret og tillidsvækkende.

Da hun fik hestene tilbage, blev jeg fascineret af hende, når jeg så, hvordan hun kunne få de store dyr til at gøre, præcis som hun ville. Hun var dygtig og havde en utrolig tålmodighed over for dem.

Og så faldt jeg for hende.

Mens jeg boede i min lille lejlighed, begyndte jeg at sms'e lidt med hende. Hun ville ikke have noget med mig at gøre. Men dét skal man ikke sige til mig.

Jeg blev, som med mange andre kvinder tidligere, besat af hende. Og jagten endte med, at jeg fik hende til at komme og besøge mig og bagefter at være sammen med mig.

Hun boede i Vejby på det tidspunkt, men var meget ved mig. Hendes søn var hos sin far hver anden weekend.

Derudover var han sammen med os eller blev passet ude.

Efter at have været hjemme ved mig hver dag i noget tid, kørte hun en dag hjem til sig selv. Der gik ikke længe, før hun ringede til mig.

- Katten er væk, og hønsene er døde.

Så jeg kørte derud og skældte ud på udlejerne.

- Det ka' I kræftedme ikke være bekendt!

Det viste, at det var hende selv, der ikke havde fodret dyrene. Og lejligheden, hun boede i, var fuldstændig ødelagt. Udlejeren var tosset og henvendte sig til mig.

- Sig mig, har du drukket? Er du fuld?!

- Nej! Jeg er ikke fuld!"

Men jeg sejlede rundt.

Puk blev sagt op og smidt ud på stedet. Og så skulle vi bare væk. Jeg kørte.

*

En vagt, som jeg mødte under min behandling på Møllen, arbejdede, da han selv var misbruger, ved ISS vejservice. Der havde han været i mange år.

Han havde altid seks bajere med i bilen, mens han var aktiv alkoholiker.

- Man kan jo godt drikke en øl eller to i sin pause, uden at det er et problem.

Men pludselig drak han 30 om dagen. Det passede lige ind i en kasse, der stod omme bagved i hans bil. Han passede sit arbejde, og han var jo ikke fuld.

En dag blev han stoppet af politiet i et rutinetjek og blæste alkometeret helt ud over alle grænser. Det mente betjentene ikke kunne passe. Der måtte være noget galt med udstyret. Så de ville gerne have ham ind til en blodprøve. Det gik han med til, og bagefter fik han overtalt dommeren i dommervagten til at lade ham køre hjem selv.

Da han fik brevet med resultatet fra blodprøven, blev han en smule overrasket. For det viste sig, at han havde haft en promille på 3,36.

Han havde trods alt overbevist to betjente og en dommer om, at han overhovedet ikke var fuld. For han virkede ikke påvirket.

Mange alkoholikere har en højere eller lavere funktionspromille. Det er en balancegang at holde den på niveau. Får de for lidt alkohol, ryster de og har det skidt. Får de for meget, bliver de fulde. Så hvis de kan holde den mellem 2,5 og 2,8, sker er der ingenting. Så er de fungerende mennesker. Men hvis de ikke holder promillen ved lige, er de ikke fungerende.

Det farlige ligger i, at promillen hele tiden daler, så den skal spædes op konstant. Og der skal ikke så meget til, før den kommer lige op over. Personen, der kører

29

rundt med en funktionspromille, er ikke farlig. Men dét er udsvingene.

Reaktionsevnen er naturligvis også dårlig ved 2,5. Den er bare endnu værre, hvis man ikke har funktionspromillen.

Man kan kun tænke på én ting: hvor kan jeg komme hen og spæde den op, inden jeg får tømmermænd?

Man drikker tømmermændene væk. Lige som når man står op efter en festival og har det skidt. Den første bajer er frygtelig.

Jeg skulle helst stå ved siden af spanden, mens jeg drak den. Når den først var nede, var det om at få knappet den næste op. Og den næste, indtil jeg havde fået fire-fem stykker. Så kørte det igen.

Den mest hardcore alkoholiker har en guldbajer eller en porter til at stå ved siden af sin seng. Og den skal være trukket op, før han falder i søvn. For når han vågner næste morgen, vil han ikke være i stand til at åbne den.

Jeg skulle på tanken hver dag efter tolv bajere og seks Fernet Branca. Og så kørte jeg ud på de danske landeveje – sågar i lastbil. Det var fuldstændig åndsvagt. Det er et under, at jeg har et kørekort i dag, og at jeg ikke har slået nogen ihjel.

Den værste tur, jeg har været på, er fra Volles Bodega i Husum og til Nordsjælland ad motorvejen.

Jeg kan ikke en gang huske, at jeg kørte fra bodegaen. Det er vildt, det kunne lade sig gøre. Men bilen så næste dag også ud, som om jeg havde kørt på autoværnet. Når man er i misbruget, får man flere og flere af den slags blackouts.

*

Puk og jeg lejede et hus i Høsterkøb. Det havde vi overhovedet ikke penge til, men her kunne Puk have sine heste til at stå.

Da jeg var færdig med at arbejde for Jens og Finn, lærte jeg Puks fætter at kende. Han var fraskilt og boede i en kælder ved en kammerat i København. Fætteren var en rigtig fin fyr. Han var murer. Vi snakkede og arbejdede godt sammen.

Det gik op og ned med at løse de opgaver, vi sammen blevet engageret til. Men vi havde altid bajere med. Vi skulle nødig løbe tør.

Jeg fik mit eget cvr-nummer og lavede et firma, så jeg kunne fakturere ham for de timer, jeg havde.

Men jeg havde ikke læst om de ting, man skal forholde sig til, når man har et firma. Alt det med at indberette og betale moms og skat havde jeg intet begreb om.

*

Jeg tog med Puks fætter til Volles Bodega i Brønshøj. Vi fik nogle bajere og spillede dart, og så skulle han lige have en bane kokain.
- Ska' du ikke osse prøve?"
- Jo, for fanden! Det ska' jeg da!
Ud på toilettet, line nogle baner op på toiletbrættet. Og så kørte det bare derudaf.

Jeg kunne mærke, at kokain gjorde, at jeg ikke blev fuld. Jeg blev ikke fuld!
Så kunne jeg drikke fuldstændig vildt samtidig med, at jeg havde en følelse af, at jeg kunne det hele. Det var sindssygt!

Jeg fik til opgave at lave tag på nogle lejligheder i Roskilde. Men jeg kunne ikke rigtigt styre det, for jeg skulle samtidig have min alkohol og nu også kokain. For når jeg ikke havde noget kokain, kunne jeg ingenting.
Jeg ringede til min pusher om morgenen og prøvede at få fat i noget stof. Han tog ikke telefonen. Jeg lagde besked på telefonsvareren. Jeg må ha' noget kokain! Og så gik jeg helt i panik, og kunne slet ikke tænke på andet. Jeg kunne mødes hvor som helst. Sig, hvor vi skal mødes. Om jeg så skal køre til Island. Jeg skal ha' det NU!

Man skal have mere hele tiden for at få samme virkning, og den varer kortere og kortere tid. Så det blev en besættelse ligesom alt muligt andet, jeg har kastet mig over.

Hvis jeg ikke kunne få noget, sad jeg til tider i bilen og kunne ikke noget som helst. Så ventede jeg på, at abstinenserne - den meget depressive følelse - stille og roligt forsvandt, så jeg kunne tænke nogenlunde klart igen. Enten havde jeg nogle bajere eller noget andet i bilen, som jeg kunne dulme mig med. Men det, jeg var fokuseret på, var alligevel, at jeg skulle have den næste bane, så jeg kunne komme til at virke igen. Det tog mere og mere overhånd. Og det kostede 5-600 kroner pr. gram.

Klokken blev fire om eftermiddagen, inden jeg kunne få fat i stoffet. Og jeg havde næsten ikke råd til at fylde diesel på bilen, men jeg måtte have fat på noget hvidt pulver.

Så snart, jeg havde hentet den lille pose, kom paranoiaen. For jeg var sikker på, at alle holdt øje med mig. Enten for at tage det fra mig eller for at melde mig. Paranoiaen varede, indtil jeg holdt ind et eller andet sted, gemte mig nede i sædet, fik det sniffet op i næsen. Derfor nåede jeg kun lige hen til motorvejsnedkørslen, før jeg måtte line op på et CD-cover i bilen. Da jeg havde kørt kokainen ned, kørte jeg videre. På vejen tilbage drak jeg de bajere, jeg altid havde i bilen.

Virkningen af stoffet varer kun godt en time. Så mindst én gang i timen skulle jeg have en ny bane for at kunne mærke den summende fornemmelse, der trækker op i hjernen. Det er ligesom, når man visker en tavle ren. Det sitrer og prikker i kæberne. Det breder sig ud i kroppen. Det varmer. På samme måde, som når man får et adrenalinkick eller en orgasme. Kroppen giver slip.

Og så er man et helt andet sted.

Med kokainen er det bare ikke en fysisk følelse. Følelsen er mere tanke- eller psykebestemt. For kroppen splatter ikke ud og bliver afspændt. Alt bliver tværtimod krystalklart. Der sker en kemisk reaktion i kroppen. Det gør, at blodet bliver iltet hårdt, og hjertet slår hurtigere. Man får så mange kræfter, at man føler, man kan løbe et maraton.

Hvis jeg havde siddet og sovet i bilen, eller hvis jeg havde en down-periode, og jeg så tog et fix – så var det som at tænde for kontakten igen – som at starte fra mørke til lys.

Jeg ville gøre hvad som helst for at opleve den følelse, som kokainen gav mig. Min sjæl blev flyttet, så jeg kunne se det hele udefra. Jeg kunne pludselig håndtere alle de praktiske ting. Alle de negative ting var lige meget. For der var ingen begrænsninger.

Når man får det der fix, den der bane kokain, så er det ligesom at kunne trække vejret så dybt, som man aldrig har trukket det før. Det hele står helt klart.

Det var helt ubeskriveligt fedt. Jeg følte, jeg kunne tale med alle, at jeg kunne holde styr på alle aftaler. Alle de ting, som jeg ellers ikke følte, jeg kunne nå – dem kunne jeg pludselig godt nå. Så jeg fik gjort en hel masse. Men jeg havde ikke styr på det. Jeg byggede en masse luftkasteller. Sådan kan det bedst beskrives.

Men den meget maniske periode bliver meget, meget hurtigt afbrudt. Ikke gradvist - lige på og hårdt! NU ska' jeg ha' noget mere! For sådan vil jeg gerne ha' det, og sådan vil jeg gerne være!

Jeg tænkte, at jeg lige kunne nå at gøre sådan og sådan, inden virkningen forsvandt. Men pludselig midt i det hele sad jeg og kunne ingenting.

*

Jeg ville have min egen bil. Jeg kunne hverken købe eller lease nogen, for jeg stod i RKI. Men jeg kunne leje en hos en bilforhandler i København. Jeg betalte kun to eller tre gange, selvom jeg havde bilen i flere måneder.

Den opgave, jeg arbejdede på, gik i vasken. Jeg mødte ikke på arbejde. Jeg fik ikke betalt det, jeg skyldte. Min arbejdsgiver ville ikke betale, når jeg ikke lavede mine opgaver.

Det kunne jeg slet ikke forstå. Og nu havde jeg endda fået fat i ekstra arbejdskraft til ham.

Men vi lavede faktisk ikke noget som helst. Det var bare noget, jeg følte inde i.

*

Inden Puk og jeg flyttede sammen, var Puk blevet gravid. Men hun mistede barnet i 24. uge.

Vi var ikke rigtig gode til det med kondomerne. Så hun blev gravid igen.

Til Sct. Hansfesten det år blev jeg er meget beruset, fik blackout og lavede en scene.

Puk skred.

Dagen efter kom hun forbi for at se til hestene. Jeg prøvede at snakke med hende, men hun ville ikke have noget med mig at gøre. Alligevel fik jeg efter et par dage overtalt hende til at flytte ind igen.

Men hun stillede for mange spørgsmål til mit alkoholindtag, så jeg flyttede fra hende i september 2005, hvor hun var højgravid med mit barn.

Jeg boede efterfølgende rundt omkring på nogle sofaer, eller hvor jeg nu kunne tiltuske mig noget plads, indtil jeg fandt en lejlighed på Strandvejen i Mikkelborg. I den periode arbejdede jeg for Alex, hvis virksomhed skød gasstik ind til nybyggede huse. Jeg var ikke god for nogen i den tilstand, jeg var i. Men alligevel fik jeg en ny kæreste. Mit misbrug var i fuldt flor. Med både alkohol og kokain.

Når jeg ikke var sammen med kæresten, var jeg på arbejde. Men jeg fik ikke gjort de ting, jeg skulle. Det gik op i druk og i at få fat i stoffer. Hun tog ikke del i mit misbrug.

Vi holdt nytårsaften sammen. Mens vores gæster var der, sneg jeg mig ud på badeværelset og kørte kokain ind. Selv efter gæsterne var gået klokken syv om morgenen, sad jeg alene og tog en masse stoffer. Jeg kunne slet ikke falde til ro. Jeg var høj, og jeg var fuld.

*

Misbruget blev en form for stabilitet. Men hjernen fokuserede stadigvæk på, at jeg skulle have det næste fix. Jeg kunne godt eksistere uden, men jeg kunne ikke overkomme at eksistere uden. Jeg var sløv, jeg var træt. Jeg havde misbrugt min krop fysisk for at kunne det, kokainen fik mig til. Når jeg havde downperioder, sagde kroppen stop. Det kunne den ikke finde ud af at blive tæsket så hårdt igennem.

Det var i dé perioder, jeg havde en tendens til at drikke rigtig meget. Og være helt væk. For når jeg tog kokain, kunne jeg drikke 100 bajere. Der var ingen begrænsninger.

Kunne jeg ikke få kokain, tænkte jeg: hvad kan jeg så ta' i stede for?

Så blev det morfin, ketogan, oxicontin, rohypnol, eller hvad jeg kunne få fat i. Og hele tiden prøvede jeg opnå den rigtige virkning. Det lykkedes bare aldrig.

Jeg kunne godt have nogle perioder, hvor jeg var oppe. Men de varede ikke ved. Og jo mere jeg fyldte i kroppe, jo mere skreg den på, at jeg skulle lade være.

Man får ondt i sin lever, ondt i sine nyrer. Man belaster hele sit system på en måde, der er meget uhensigtsmæssig. Kroppen er ikke skabt til, at man fylder gift i den. På ingen måde. Så kroppens naturlige filtersystem stopper med at fungere. Man kan få alvorlige fysiske mén af misbrug.

Midt i alt det roderi med forskellige damer, stoffer og alkohol var Puks og min datter, Freja, blevet født. Det passede på ingen måder ind i mit liv, at hun også skulle være der. Men et glimt af noget smukt midt i kaos, ramte mig dog, da jeg så hende på hospitalet. Det varede kun et splitsekund. Så var det væk.

Jeg kunne ikke betale for min lejlighed. Udlejeren bankede på min dør. Jeg gemte mig. Han lagde en seddel. Jeg var opsagt og skulle forsvinde inden fjorten dage. Jeg havde ingen steder at tage hen.

På Volles Bodega kom en kammerat og jeg op og slås udenfor. Jeg blev ked af det og ville køre hjem i den bil, som Alex havde stillet til rådighed for mig.

Nogle andre gutter, der også arbejdede for Alex, ringede til ham. Og pludselig stod han foran mig og var stiktosset. Han tog min firmatelefon, så kunne jeg ikke komme nogen steder hen eller ringe til nogen.

- Forsvind herfra, ellers får du en røvfuld!

Det endte med, at jeg på en tank lånte en telefon. Den eneste, jeg kunne ringe til, var Puk.

- Min kammerat og jeg har været i slåskamp med nogle fyre, og jeg nu ved ikke, hvor han er. Jeg kan ikke få fat i ham. Alle mine ting er væk, så jeg kan ikke ringe til nogen. Vil du ikke hente mig?

På trods af min fede løgn, fik jeg hende til at hente mig og køre mig hjem til Strandvejen.

*

Jeg var ved at være i nul. Jeg havde ingenting. Jeg kunne ingenting. Kunne ikke være i mig selv. Dengang jeg flyttede hjem til Jørgen og Bente, havde det været en flugt fra Jylland. Nu blev jeg nødt til at flygte den anden vej – hjem til Jylland. Hjem til dét, jeg troede, kunne redde mig.

Jeg fik fat i Alex.

- Jeg ka' ikke mere. Jeg bli'r nødt til at flytte tilbage til Jylland.

Alex kom med de penge, jeg havde til gode hos ham, og gav mig dem i hånden. Sammen lejede vi en bil og købte nogle flyttekasser og pakkede bilen med alt, hvad jeg havde.

Og så kørte jeg til færgen og hjem til mine forældre. Jeg var 29 år.

*

Jeg mødte Poul, som jeg ikke havde talt med siden handelsskolen. Han kunne også godt lide at få en bajer. Så det hyggede vi os vældigt med. Vi tog på værtshus, eller også kørte jeg over til Poul efter fyraften. Samtidig hørte jeg fra én, som kendte en anden, om en fyr, der solgte amfetamin i Viborg. Straks kom trangen tilbage. Kokain virkede ret godt. Så hvorfor ikke amfetamin? Selvom jeg startede op lige så stille, begyndte mit misbrug snart at rulle alt for hurtigt.

Jeg havde over for min læge påstået, at jeg havde dårlig ryg. Så fik jeg et glas kodeiner. Kodeiner sammen med alkohol havde en god virkning på mig. Mit humør blev mere opløftet.

Ud over dét, havde jeg i længere tid forskellige anti-depressiver inde på livet på grund af mine forskellige diagnoser. Om det var akarin eller truxaler eller noget tredje var lige gyldigt. For medicin sammen med øl sammen med kokain sammen med amfetamin var en god cocktail, opdagede jeg.

Min hverdag bestod i at tage på arbejdet, at drikke og at tage cocktailen. Hver dag. Det var dét.

Mine forældre stillede flere gange spørgsmål til, hvorfor det var nødvendigt for mig at indtage alle disse rusmidler.

- Kan du ikke godt holde op?

- Jo, selvfølgelig kan jeg da holde op med at drikke! Lovede jeg.

Så drak jeg bare i smug. Det vidste de godt. De vidste bare ikke, hvad de skulle sige. Og de vidste ikke, hvad de skulle gøre.

Sidst på sommeren var der motorcykeltræf i Skagen. Poul og jeg fyldte hans Passat op med bajere, og så kørte vi. Vi overnattede i telt på en fricampingplads på vejen deropad. Der var ikke noget tidspunkt, mens vi kørte, hvor jeg ikke var halvsnaldret.

Når vi havde drukket morgenmad klokken fem eller seks, gik vi over på festpladsen. Først når vi hverken kunne gå, høre, se eller stå mere, dinglede vi tilbage til teltet.

Jeg drak, fordi jeg trængte. Jeg troede, det kun var mig, der skilte sig ud. Jeg var et andet sted i mit hoved. Det kunne bare ikke blive vildt nok; store armbevægelser, der ikke havde hold i virkeligheden. Jeg kunne betale ditten og datten, og jeg kunne gøre sådan og sådan. Jeg kunne alting. Men det var løgn på løgn. Jeg havde ingenting, og jeg kunne ingenting.

Jeg kan ikke engang huske, hvordan vi kom hjem.

Weekenden efter havde jeg aftalt med min søster og svoger, at jeg skulle med dem til byfest i Møldrup. Jeg havde også aftalt med dem, at jeg skulle opføre mig ordentligt og ikke drikke spiritus. Kun øl.

Det løfte holdt jeg i cirka seks minutter.

Kort forinden var Poul væltet på sin motorcykel og havde brækket kravebenet. Derfor havde han nogle piller liggende i sin natbordsskuffe. I løbet af festen gik jeg i Pouls skuffe og tog pillerne.

Da jeg kom tilbage til de andre, fortalte jeg en historie om, at han havde haft indbrud. Det var helt absurd, men min hjerne kunne ikke finde ud af andet.

Hvis jeg med min historie ikke afslørede mig selv, så gjorde Pouls nabo.

- Der var da ikke andre end dig, der gik ind gennem carporten.

For mit vedkommende endte byfesten med, at jeg kom op og slås med min svoger. Og truede min søster med at skyde mig selv. Jeg brød hulkende sammen og blev kørt hjem til mine forældre. Jeg husker kun følelsen af afmagt.

Næste morgenen havde jeg ikke lyst til noget som helst. Der var helt slukket. Der var ikke mere at komme efter. Min telefon ringede. Jeg tog den ikke, lod den bare ligge.

Min lillesøster kom op til mig.

- Det her er helt galt, Martin. Du skal ha' hjælp. Vi – din familie – vil ikke være med til det mere. Vi kan ikke stå mål for det mere. Nu er det nok. Det var søndag. Vores læge havde lukket. Men vi fik fat i en læge i Møldrup.

- Du skal indlægges, lød beskeden.

*

Søndag aften blev jeg indlagt på den lukkede, psykiatriske afdeling i Viborg. Og så røg jeg på det store apotek: fenemal for afrusning, truxal for at få ro på tankerne og antabus for drikketrangen.

Jeg vidste jo godt, at når jeg havde været på afdelingen noget tid, kunne jeg få udgang nogle timer. Så nu kunne jeg enten spille videre, som jeg havde gjort hidtil. Eller også skulle jeg væk derfra.

Jeg fik besøg af min moster.

- Jeg tror, du skal snakke med en, der hedder Erik Zink. Han har et behandlingscenter for alkoholmisbrug nede i Tørring.

- Jah, det ka' da godt ske.

Jeg vidste stadig ikke, at jeg var alkoholiker. Eller måske ville jeg bare ikke erkende det. Alligevel fortalte jeg mine forældre, hvad min moster havde sagt.

- Det koster 70.000 kr., og det har du ikke råd til. Det har *vi* slet ikke penge til, var min fars reaktion.

- Det skal ikke være penge, der kommer i vejen for dét, bestemte min mor.

Jeg fik fat i Erik Zink i Tørring. Han kom og hentede mig en aften.
- Skal du ha' bajer på vejen derned?
- Nej, det skal jeg ikke. Jeg er på antabus og Phenemal.
Erik var selv tidligere alkoholiker og stofmisbruger. Så han kendte turen.
På vejen sydpå snakkede vi i bilen.
- Du har det sådan lidt som de der sættekasser, sagde han så. Du er rund og prøver på at komme ind igennem et firkantet hul.
- Ja! Jeg synes ikke, jeg passer ind nogen steder. Hver eneste gang jeg prøver at gøre noget, så går det galt.

Klokken elleve om aftenen ankom jeg på behandlingscentret Møllen, og blev modtaget af en broget folk mennesker. Og en læge.
Behandlerne interviewede mig om min afhængighed og mit forbrug.
- Jamen, jeg har drukket vin og øl, og så har jeg taget lidt amfetamin og spist et par piller.
Lægen ordinerede på stedet noget medicin for at få mig i abstinensfri behandling.
Og så var min behandling på Møllen i gang.

Dagen efter kom min far og mor derned og fik fortalt af behandlerne, hvordan situationen så ud, og hvad der skulle ske dernede. Den samtale var jeg ikke med til.

En del af behandlingen på stedet er morgenmøder, hvor man læser op af bogen "Til daglig eftertanke". Jeg tror ikke, jeg helt havde forstået, hvad jeg var gået med til. Jeg vidste bare, at der hverken var telefon eller fjernsyn. Der var ingenting. Men man accepterer det, som det er.

Den første uge dernede kan jeg slet ikke huske.

Til en gruppesession i uge to, hvor vi alle sammen fortalte, hvordan vi havde det, fik jeg det pludselig dårligt; rysteture og koldsved. Delirium tremens. Lægen kom.

- Du bliver nødt til at fortælle, hvor stort et misbrug, du har.

Og så krøb jeg til korset.

- Jeg misbruger alt, der er bare det mindste stemnings-ændrende.

- Hvad har du taget af stoffer?

Jeg har været på kodein, jeg har været på amfetamin, jeg har været på piller."

-Når du er så massiv en blandingsmisbruger, kan vi ikke hjælpe dig. Vi er et alkoholmisbrugscenter.

Der var ikke nogen alternativ hjælp til mig. Men fordi jeg indvilligede i at gå i metadonbehandling, hjalp de mig alligevel.

*

Den 25. august 2006 var min første rigtige clean dag. Man siger i AA, at man tager 24 timer ad gangen. Dér var jeg ikke. Nogle dage var jeg nede og tage seks timer ad gangen, nogle dage kun to. Jeg kunne slet ikke overskue det.

Da jeg startede behandlingen, var beskeden krystalklar. - Du er ikke maniodepressiv. Du er alkoholiker. Du har ikke brug for alle de antidepressiver. Det er slet ikke nødvendigt. De fleste alkoholikere, der har været igennem systemet, har samme diagnose. De har en optur, de har en nedtur. Det er ikke unormalt.

Så al medicinen blev taget fra mig, og jeg tog dermed en kontrolleret, kold tyrker. Jeg var dog stadig på metadon og på piller mod abstinenser.

I den følgende tid blev jeg mere klar i hovedet. Jeg begyndte at tænke på, hvad denne periode havde gjort ved min familie. Og pludselig begyndte jeg at føle ting, at mærke ting. Alle de følelser, der ellers var drukket væk. Det var frygteligt.

Men ret hurtigt accepterede jeg, at det var sådan, det var.

Hold kæft, du har fucket dit liv op!

Det var alle de følelser, der gjorde, at jeg ikke kunne klare 24 timer ad gangen.

Jeg kunne slet ikke se, hvad der skulle ske efter frokost. Jeg kunne slet ikke rumme alle de nye indtryk, jeg fik eller alle de følelser, som jeg havde skudt foran mig i så mange år. De blev pludselig virkelighed. Det var nogle meget tunge og håndgribelige følelser. Jeg kunne ikke lave om på det. Det *var* sket. Jeg havde skuffet og såret min familie på det styggeste. Jeg havde løjet, jeg havde bedraget, jeg havde snydt, jeg skyldte penge alle steder.

Og jeg havde et lille barn, som jeg ikke havde set i et halvt år.

Det at være blevet far, havde jeg selvfølgelig en hel del tanker om. Min behandler ringede til Puk og spurgte, om hun ville besøge mig på Møllen sammen med Freja. Men det havde hun ikke råd til.

*

Jeg skulle lære at sætte ord på, hvad jeg havde gjort ved andre mennesker. Hvad jeg havde gjort ved mig selv. For det var jo ikke kun et misbrug af alkohol. Det var også et misbrug af medicin, af stoffer, af masser af kvinder. Og det var et misbrug af mine nærmeste.

Det var enormt vanskeligt at holde styr på følelserne, når jeg havde været vant til kunne fjerne dem med alkohol. Det krævede, at jeg var fokuseret. Jeg blev nødt til at være helt klar på, at det var det her, jeg ville. Ellers ville jeg ikke komme ud på den anden side.

I AA er der meget snak om, at man skal ramme sin bund, før man kan komme op igen. Og den tror jeg, jeg havde ramt så godt og vel.

Dét var grunden til, jeg havde så nemt ved at komme videre derfra. Jeg åd hele konceptet med at give slip, acceptere og spørge om hjælp. For første gang i mit liv kunne jeg give slip.

Jeg skal ikke kontrollere det her.

Det var helt vildt. Hér startede mit liv. Så kunne det kun gå én vej.

På Møllen arbejder der nogle utrolige mennesker, der forstår, hvad de har med at gøre. Selvom det er forskellige historier, der kommer ind, er det hele baseret på det samme. Vi har alle sammen prøvet at styre og kontrollere og bestemme hele vejen igennem.

Ladet alkoholen kontrollere vores hverdag og vores ageren. For hvis vi ikke havde vores stof, kunne vi ikke eksistere. Hele vores liv var skruet sådan sammen. Og når vi giver slip, skal vi til at lære det hele forfra.

Som noget af det første på Møllen, deltog jeg i en gruppesession med det overordnede spørgsmål: "Hvis du skal remse op, hvad noget af det vigtigste i dit liv er – hvad ville det så være?"
Mit svar var klokkeklart.
- Jeg har aldrig rigtig set min datter, så hun må være det vigtigste.
- Nej, det er hun ikke. *Du* er den vigtigste i dit liv.
- Hvorfor er jeg det? Jeg har aldrig været den vigtigste.
- Men det er du. For hvis du ikke var her, så var der heller ikke nogen af de andre ting. Og der er kun én ting, du er sikker på i hele dit liv. Og det er, at du skal dø! Alt det, du kan putte ind i det tidsrum, fra du blev født, til du dør, er op til dig.
Fuck, nu har jeg brugt 30 år på at fylde al muligt pis ind i mit liv! Løjet og bedraget og snydt. Higet efter anerkendelse, higet efter bekræftelse, higet efter alkohol og higet efter det ene og det andet. Og så er det fanme ikke sværere end dét!

- Men hvad skal jeg gøre?

- Se, det er egentlig ret simpelt. Men det kræver at du giver slip og accepterer, at det er sådan.

Jamen, så er det sådan, det skal være. Så må jeg jo gøre dét...

For nogen fungerer "fake it 'till you make it", når de er i behandling. Men det tror jeg ikke på, at man kan. Enten gør man det, eller også gør man det ikke. Jeg gjorde det. Jeg gik ind i det med hud og hår. Det var enten eller. Der, hvor jeg sluttede mit gamle liv, ville jeg ikke hen igen. Det kunne min psyke og min fysik slet ikke holde til.

*

Vi skulle til vores første AA-møde, mens vi var i behandling. Den slags møder kendte jeg slet ikke noget til.

De mennesker, der kommer på behandlingscentret, kommer fra hele landet. Hvis én fra Viborg er i behandling i Tørring, kører hele gruppen til et AA-møde i Viborg. Det område, hvor hver enkelt kommer fra, er man til møde i mindst én gang. Desuden får man en kontaktperson i nærheden af, hvor man bor. Den person kan man kontakte, når man kommer hjem fra behandling. Og netop den relation gør de meget ud af på Møllen.

51

Jeg gik i gang med AA's tolvtrinsprogram.

I det, de kalder 10. trin, skulle vi hver aften skrive nogle gode og dårlige ting, der var sket. Den første lange tid kunne jeg ikke finde ud af, hvad jeg skulle skrive. Men det kom efterhånden.

Hver morgen, når vi læste op af bogen "Til Daglig Eftertanke", var der én, der kom op på talerstolen. Og hver gang, man skal have ordet, er der en fast indledningssætning:

- Goddag, jeg hedder Martin, jeg er alkoholiker.

Ja, det er jeg.

*

På et tidspunkt under min behandlingsperiode ankom Helle, der senere blev min kone, til behandlingscentret. Jeg så med det samme, at hende ville jeg gerne lære bedre at kende. Men jeg vidste også, at det på ingen måde skulle være, mens jeg var i behandling.

Behandlingen skulle gennemføres, og jeg skulle komme ud af det alene. Som mig selv.

I et af programmets trin arbejder man med konsekvenser af ens handlinger. Hvem har det påvirket?

Jeg syntes ikke, der var nogen, mit misbrug var gået ud over. Men det var der. Der var mange.

Mine søstre. Mine mange kærester. Min far. Min mor. Mine venner. Altså alle dem, der havde været omkring mig. For det er ikke bare dét, at man drikker. Der er også bedraget. Heldigvis er min familie og mange af mine venner der endnu. Men det er ikke nødvendigvis sådan, det går for alle, der har været i misbrug. Det var ikke alle omkring misbrugeren Martin, der syntes, det var fedt. For hver eneste gang, jeg åbnede munden, tvivlede de på, hvorvidt de kunne stole på, hvad jeg sagde. *Er det, han siger, rigtigt denne gang? Holder han det, han lover, denne gang? Kan han godt lade være med at drikke bajere denne gang? Kan han godt komme med de penge, han skylder denne gang?* Nej, det kunne jeg ikke. Jeg kunne ikke en skid.

Jeg kan tydeligt huske, hvordan det var at skulle stå og skrive på tavlen under gruppesessionerne. Man kan ikke gemme sig. Der er ingen grund til at gemme sig, men man har skubbet meget af det væk, for det er for nedværdigende. Ved tavlen skal det graves frem igen. Og det gør satme ondt.

Når man er ved at være færdig med behandlingen, skal man have en én-til-én samtale med hele familien, hvor de hver især skriver et brev til én om alt det, man har forårsaget af smerte.

53

Pia, den ene af behandlerne, vidste godt, hvad der ville ske under samtalerne. Så hun kom ind med en ny køkkenrulle.

Jeg kan huske at sidde på mit værelse og skrive et brev til min far. Han har altid været mit forbillede og min faste klippe. Det er han stadig. At skuffe ham har altid været noget af det tungeste.

Det er lige som at skuffe mig selv, bare værre. Det er skuffelse på skuffelse. Det er det, der gør så ondt. Det værste, man kan sige til en misbruger, er: Du skal bare ta' dig sammen!

Hvorfor kunne jeg ikke bare tage mig sammen?

Det kan man bare ikke. Og så længe man prøver at kontrollere det, bliver det bare endnu værre.

At se min far græde var så nedværdigende, så frygteligt, så hårdt. Det er jo forældrene, man skal falde tilbage på.

De konsekvenser, ens misbrug har, er det værste, man skal igennem. Skide være med, at man har været syg og dårlig og gjort ting ved sin krop, som man ikke burde. Men at man har gjort fysisk eller psykisk skade på andre mennesker på grund af ens misbrug – dét er frygteligt. Og det er kun en selv, der kan rette op på det. Og det tager mange år.

Der er 15 måneder mellem min lillesøster og mig, så vi er seudotvillinger og har altid været utroligt tæt knyttede.

At høre hende læse sit brev op under samtalen var *så* hårdt. Det var en øjenåbner for, hvad jeg havde gjort. Mit misbrug havde taget meget hårdt på hende. Og dér gik det op for mig, at hun troede, hun havde mistet mig. Men på en måde var det også en befrielse. For så kom det ud; der blev sat ord på.

Ja, det er sådan, det var. Ja, jeg gjorde de ting uden at tænke på, hvad konsekvensen ville være.

Disse afhængigheder foregår inde i hovedet, og man gemmer dem af vejen. Når man har noget, man jager, er konsekvenserne uvedkommende. Men når man er blevet ædru og clean, kommer det hele tilbage - gange ti. Så er man nødt til at forholde sig til det. Man bliver nødt til at mærke skammen, skylden og den dårlige samvittighed, og man bliver nødt til at lægge dem fra sig igen, for man kan ikke bruge dem til noget.

Heldigvis kunne jeg, da jeg kom hjem fra behandling, se på min familie, at der var sket en udvikling med mig. Det er ikke bare lige til. Jeg skal være opmærksom hele tiden. Stadigvæk.

*

Dengang, jeg lige var kommet hjem, skulle jeg opereres i mit knæ. Jeg var faktisk bange for at komme i narkose på grund af dens sløvende virkning. Det kunne lægen godt forstå. Så de lagde mig til at sove først, så jeg ikke kunne mærke narkosen.

Bagefter var jeg på pinex. Jeg havde aftalt med Møllen, at hvis det blev et problem, fik jeg en uge mere dernede. Men det blev ikke nødvendigt.

Nu gør det mig ikke noget mere. Man skal tage smertestillende, hvis man har ondt. Hvis det er nødvendigt.

Jeg har også været nødt til at tage noget, der var stærkere end pinex, efter min behandling. Men jeg har ikke haft trang til at blive ved at tage dem. Derimod kan jeg med sikkerhed sige, at jeg ikke tør tage en bajer. Dét ville være for stor en udfordring.

Problemet er, at ens hjerne godt kan huske det. Derfor er der mange, der får et tilbagefald. Der går oftest meget kort tid, fra de starter op igen, til misbruget er massivt. Hvis man på så kort tid går fra nul bajere til 30 bajere, risikerer man at få nyresvigt, leversvigt eller blodstyrtninger. Og dét dør man af.

Jeg kender flere, som ikke kan hjælpes. Det er et valg, de tager. Hvis de ikke kan nå i bund, kan de ikke hjælpes. De har enten intet at miste – eller også har de mistet dét, de kunne. Eller også har de taget et bevidst valg.

Det kan hjælpe, hvis familiemedlemmer siger fra. Men der er også familier, der lukker øjnene. Det gør dem medafhængige. Og medafhængighed er farlig.

Jeg har været clean og ædru, siden jeg kom hjem fra Møllen. Alligevel kan jeg stadig få trang til at mærke den helt ubeskrivelige følelse af at være ovenpå. Dén følelse som kokainen gav mig.

*

Del 2

Puk og jeg havde ikke lavet en fast samværsaftale omkring Freja, fordi hun ikke var så stor endnu. Så derfor gik der nogle måneder fra mødet i hestestalden, til jeg så Freja igen.

Første gang, jeg skulle have Freja med hjem på weekend, mødtes Helle og jeg med Puk hos Jørgen og Bente. Der var Freja to år. Efterfølgende havde Helle og jeg Freja på sommerferie fire uger i streg. Puk skulle til Bornholm, så det passede hende godt med en længere sommerferie.

Efterhånden blev det mere og mere fast, at jeg havde Freja hver anden weekend. Frejas storebror havde en resolution – en samværsaftale - med *sin* far.

Vi fik aftalt, at jeg havde Freja i samme weekender. På den måde startede jeg med at køre fra Skals til Nordsjælland for at hente Freja og retur. Det er en tur på 378 km - hver vej. Turen tog jeg fredag eftermiddag og kom hjem omkring klokken halv syv med et toårigt barn. Søndag eftermiddag klokken tre kørte jeg turen til Nordsjælland og afleverede hende kl. 19. Derefter kørte jeg tilbage til Skals og var hjemme omkring midnat.

Sådan kørte det i tre-fire år.

Puk og jeg skrev frem og tilbage om bleer og så videre, der skulle pakkes. På et tidspunkt valgte Helle og jeg at købe selv. For når jeg fik en taske med til Freja, lugtede tøjet ikke rent. Så endte det hele som regel i vaskemaskinen, og så fik hun rent tøj med hjem.

*

Da jeg kom ud fra behandlingen, aftalte jeg med min far, at jeg skulle gå i lære som tømrer i hans firma. Jeg havde været i tømrerlære før, men fuldførte ikke. Nu skulle jeg have gjort uddannelsen færdig. Så jeg gik i gang, og det var en rigtig rar beslutning.

Det var ikke noget problem at holde tidligt fri om fredagen, når jeg skulle hente Freja. Jeg fik en del merit fra uddannelsen, fordi jeg havde været igennem nogle andre ting på handelsskolen. Samtidig havde skolen en formodning om, at jeg godt kunne speede uddannelsen op.

Men i den periode brugte jeg en hel arbejdsuge hver måned på at køre 3000 km til og fra Nordsjælland. Det betød, at min økonomi som lærling var så stram, at jeg kørte med et underskud på 2-3000 kr. hver eneste måned.

*

Helle og jeg boede i en stor lejlighed på 1. sal af mine forældres hus. Helle kørte til Skjern hver morgen. Jeg gik bare nedenunder hos min far. Det fungerede rigtig fint, for vi havde ingen forpligtelser over for andre end hinanden. Og dog.

Jeg havde oparbejdet en gæld på over en halv million kroner fra min misbrugstid. Det skulle vi på en eller anden måde have styr på. Helle, som er bankuddannet, hjalp mig med at få stykket et brev sammen, som vi sendte rundt til de kreditorer, jeg skyldte penge.

Jeg snakkede samtidig med min bankrådgiver, som indvilligede i at hjælpe mig. Vi tilbød alle mine kreditorer en procentdel af det, jeg skyldte dem. Utroligt nok indvilligede de alle i mit forslag. Selv skat.

Kommunikation er en god ting. Man kan ikke bare sidde og vente på, at tingene går over. Så bliver det kun værre. Og noget af det, der er værst for en alkoholiker, er dårlig samvittighed. For det medfører, at man får ondt af sig selv. Og selvmedlidenhed og selvynk er noget af det, som kan få én til at drikke igen.

Jeg skulle have Freja på weekend lige op til min svendeprøve.

Jeg skrev til Puk, at jeg gerne ville lave en aftale om, at Freja kunne blive afleveret tidligere den søndag, så jeg kunne nå hjem og få en god nats søvn inden prøven.

61

- Det kan overhovedet ikke komme på tale! Jeg har lavet andre aftaler!

Jeg forsøgte længe at få Puk overtalt til at ændre tiden eller bytte weekender. Men det kunne heller ikke komme på tale. Det skulle passe ind i Puks kram, så jeg kunne bare gøre det, der blev sagt. Ellers kunne jeg lade være med at få Freja at se.

Det påvirkede mig så meget ved forprøverne op til svendeprøven, at jeg slet ikke kunne koncentrere mig om en konstruktionsprøve, som jeg faktisk ikke fik lavet ordentligt. Det var tæt på, at den ikke blev godkendt. Men jeg fik alligevel taget mig så meget sammen efterfølgende, at jeg bestod.

Den weekend blev jeg nødt til at sige, at jeg ikke kunne have Freja. Det kunne simpelthen ikke lade sig gøre. Vores samværsløsning holdt ikke.

Jeg ville gerne kunne aflevere Freja tidligere. Jeg ringede til statsforvaltningen og klagede min nød.

Det viste sig, at jeg skulle ind på deres internetside og udfylde en blanket, hvori jeg skulle fortælle hvorfor, hvordan og hvorledes.

Selvom Puk havde fuld forældremyndighed, udfyldte jeg samtidig en ansøgning om at ændre Frejas bopæl til at bo hos mig.

Dermed begyndte problemerne at eskalere.

Både Puk og jeg fik brev fra statsforvaltningen om, at den ene part – mig - havde udfyldt et skema, hvori jeg søgte bopælen over Freja for at styrke hendes sociale liv sammen med andre børn, og hvori jeg forklarede, at jeg ville kunne give hende nogle fastere rammer. Freja havde allerede skiftet bopæl tre gange, da hun var fem år. Jeg ville kunne give hende et bedre liv efter min målestok. Jeg havde mulighed for at give hende stabilitet.

Både Puk og jeg blev indkaldt til et møde i statsforvaltningen for at få lavet en afgørelse om, hvordan samværsløsningen skulle være fremover.

Jeg havde aldrig været i statsforvaltningen før. Det foregik i København, for Freja havde bopæl på Sjælland.

På mødet var begge parter og en jurist til stede. Puk havde efter indkaldelsen sendt et brev til statsforvaltningen. Men det havde de ikke modtaget. Hun valgte at læse det medbragte brev op under mødet. Og brevet beskrev alle de ting, jeg havde gjort i vores tid sammen. Der var ingen grænser.

- Martin er tidligere misbruger, men drikker stadig, og han kan ikke tage vare på et barn.

Jeg havde Helle med som bisidder ved mødet. Hun var målløs.

Det her var jo slet ikke det, vi kom for. Vi kom for at finde ud af, hvordan mit samvær med vores datter skulle være. Men det drejede sig overhovedet ikke om barnet. Det drejede sig kun om, hvor dumt et svin, jeg pludselig var blevet, og hvor meget jeg gjorde for at ødelægge Puks verden. Det var noget af det værste, jeg har været med til. Og lige dér mærkede jeg trangen til flugt.

*

På intet tidspunkt under mødet i statsforvaltningen var der nogen, der stoppede Puk.

Da jeg kom til orde, sagde jeg, hvorfor jeg syntes, at samværsløsningen ikke duede, når jeg skulle aflevere så sent om aftenen, og når det var så dyrt for mig i transport.

- Er det ikke muligt at finde en løsning, så vi kan mødes halvvejs?

- Nej. Det var dig, der valgte at flytte tilbage til Jylland, så er det også dig, der står for transporten.

Under oplæsningen af brevet nævnte Puk, at der foregik nogle mistænkelige ting hjemme hos mig, når Freja var der. Jeg blev helt mundlam. *Hvad er det, hun siger?*

- Hvis det er noget, du tror, så skal du anmelde det. Du skal ikke bare sidde her og sige sådan, sagde juristen heldigvis.
- Nej. Men der foregår altså mistænksomme ting. Helle sad bare og vidste slet ikke, hvad hun skulle sige. Det var så frygteligt at høre på.

*

Det skulle blive en rigtig hård omgang for os med møderne i statsforvaltningen og alle retssagerne. Især blev sagen en hård belastning for Helle at komme igennem. Hun var en del gange ikke sikker på, at hun kunne være i det; om hun kunne holde til det. Det gjorde ondt på hende at se hendes kære blive såret igen og igen og ikke kunne gøre noget ved det. Det var ikke bare dét at være papmor. Det var også at være kone til mig med alle de følelser, dét medfører.

Der er ingen tvivl om, at sagen har sat vores forhold på mange prøver. Alle de fredage eller søndage, hvor der har været ævl og kævl den ene og den anden vej, har gjort os sure og gale. Den afmagt, der hele tiden lagde en dæmper på vores samliv, fordi det var Puk, der sad med alle kortene.

*

65

Helle har altid haft muligheden for at trække stikket. Det har været svært for hende at tolerere, når hun bare har siddet på sidelinjen og ikke kunnet gøre noget.

Helle og jeg begyndte at snakke om vores opfattelse af Freja, når hun var på samvær hos mig. Jeg kunne se, at den naturlige distance til voksne ikke var der. At hun ikke havde noget filter. Hun var ikke genert. Hvis vi havde nogle voksne venner på besøg, var hun med det samme bedste venner med dem og satte sig op på deres skød, og snakkede.

Jeg talte med min mor, som havde været pædagog i 30 år, om det.

- Det er ikke normalt, at et treårigt barn opfører sig sådan.

Det var vi faktisk bekymret over. Hvorfor opførte hun sig sådan?

Min tanke var, at det var fordi, hun ikke havde prøvet at være sammen med andre børn. Når hun nu legede med andre, sad hun ved siden af med ryggen til. Det var bekymrende. Hun var heller ikke social med hverken mig eller Helle.

Jeg vidste ikke, hvad det var tegn på. Men min mor sagde, at Freja manglede nogle sociale kompetencer.

Freja var altid med sin mor på arbejde. Puk underviste i dressur. Og i ridehusene var der ingen at lege med.

Derfor kom Freja ofte til at sidde alene i et hjørne med noget savsmuld og nogle pinde i halvanden til to timer. Præcis som da jeg så hende rigtigt første gang. Så der er ikke noget at sige til, at hun var blevet en smule afvisende i forhold til andre børn.

Puk og jeg fik snakket om, at Freja skulle i børnehave, når hun blev tre år.

Hun begyndte i en skovbørnehave i Hørsholm. Når jeg hentede hende dér, snakkede jeg med personalet. De fortalte, at Freja mange gange først kom klokken ti om formiddagen. Puk kunne nemlig ikke stå tidligt op, og hun skulle også fodre hestene, inden Freja kunne komme i børnehave, fortalte de. Til gengæld blev hun altid hentet til lukketid eller lidt for sent. Altid.

De fortalte desuden, at Freja gik meget for sig selv og ikke legede med de andre, men ved siden af dem, præcis som vi havde observeret.

Kort efter flyttede Puk til en bopæl tættere på Fredensborg, og Freja kom i en ny skovbørnehave.

Også i Fredensborg hentede jeg Freja og snakkede med pædagogerne om, hvordan det gik. De fortalte samme historie; at hun kom ret sent hver dag og mange gange blev hentet efter lukketid. Jeg snakkede med lederen, der delte min bekymring. Men de måtte ikke blande sig i skilsmisseforældres sager. Hvis der var en bekymring, kunne de lave en underretning. Men der var ingen bekymring, så længe Freja så fornuftig ud.

De blev dog alligevel mere bekymrede, da Puk havde meddelt, at de skulle flytte igen – denne gang til Tibirke, hvor Freja kom i en tredje børnehave.

Det irriterede mig virkelig, at jeg ikke kunne få lavet transporten om.

Desuden snakkede vi i min familie ofte om, at Freja var meget indesluttet og ked af det, når hun var hos os. Helle, min mor og jeg havde efterfølgende en snak om Frejas sociale adfærd med en socialrådgiver i Helsingør Kommunen. Jeg fortalte om min bekymring. Rådgiveren skrev ned og sagde, at hun var forpligtiget til at kalde Puk ind til en partshøring på baggrund af min henvendelse.

Min oplevelse med socialrådgiveren var meget positiv. Hun kunne godt se, der var et eller andet dér. Og det undrede hende, at jeg skulle køre frem og tilbage. Men hun kunne ikke gøre noget på baggrund af lovgivningen. Dén måtte Puk og jeg tage internt, eller også måtte vi i statsforvaltningen.

Ud over min bekymring var der ingen indberetninger nogen steder fra.

Så det er nok bare mig...

Jeg snakkede med en kammerat til et AA-møde. Han havde i en sag om samvær med sine to drenge haft glæde af en rådgiver ved navn Morten Ebdrup, der arbejdede på et mandekrisecenter i Viborg. Ham ringede jeg til og klagede min nød.

- Jeg kan slet ikke finde hoved eller hale i det her. Hvad skal jeg gøre?

Der er ingen brugsanvisning på, hvordan et møde i statsforvaltningen foregår. Men jeg mødtes med Morten, der hjalp mig med at få struktureret mine tanker en lille smule.

Da Puk og jeg mødtes i statsforvaltningen, vendte vi igen problematikken omkring transporten frem og tilbage. Men Puk var fuldstændig ligeglad.

- Jeg har ikke råd til at hente Freja eller aflevere hende. Og hun må ikke køre med tog!"

Det var en stor prøvelse for mig. Der blev igen sagt en masse ting om mig og min person – om mit misbrug, om at jeg boede hjemme ved mine forældre, og om at jeg ikke lavede noget selv. Det blev meget, meget personligt. Det drejede sig stadigvæk ikke om, at vi skulle have fundet en løsning, der var bedst for Freja, og at det var bedre for samværet, at hun havde noget længere tid sammen med mig. Vi blev igen ikke enige, og derfor blev jeg nødt til at tage sagen til retten.

Morten Ebdrup fortalte mig om en advokat, han kendte, som hedder Mia Wagner. Hende anbefalede han mig at kontakte for at høre, om hun ville tage sagen. Når der er tale om en bopælssag, kan man søge fri proces. Her var Mia meget behjælpelig.

Hun syntes desuden, at vi skulle søge både bopæl og fælles forældremyndighed for at sikre, at der blev et fornuftigt samvær.

Jeg ville gerne have, at der blev lavet en §50 undersøgelse på Freja. Det er en børnefaglig undersøgelse, hvor institutionerne beskriver, hvordan de oplever Freja og hendes sociale adfærd. Og hvor kommunen undersøger hendes bopæl.

Institutionens undersøgelse viste, at hun lå på score fem på deres skala, hvor fem er okay og under fem er ikke så godt. De ville derfor ikke gøre noget ved sagen.

På det tidspunkt boede Freja med sin bror og deres mor i en lille stråtækt ejendom uden varme udover en brændeovn. Dér havde de boet i halvandet år. Det er en af de længere perioder på samme adresse.

Efter besøget i hjemmet blev det konkluderet af kommunen, at der lå uåbnet post, at der var rodet og beskidt, at der lå vasketøj i dynger rundt omkring, men at Freja i øvrigt så ud til at have det godt.

Da det blev tid til det indledende retsmøde i Byretten, havde jeg Mia Wagner og Morten Ebdrup med. Vi havde brugt en masse tid på at snakke om, hvad jeg følte og oplevede med Freja. For den sociale afstumpethed, som Freja havde, var ikke blevet bedre med tiden. Det var kun Puk, hendes advokat, mig, min advokat og en børnepsykolog, der måtte deltage i mødet. Morten fik ikke lov til at komme ind.

Jeg fortalte, at jeg ønskede dette retsmøde, fordi der skulle laves ordninger for transporten og for samværet. Og der skulle findes en løsning på Frejas bopæl. Jeg kunne tilbyde hende en kæmpe familie og min mor og far i samme hus som os. Der var altid nogen til at varetage hendes behov. Jeg betvivlede Puks muligheder for at kunne tilbyde det samme, idet hun var eneforsørger og ikke tilgodeså Frejas interesser på samme måde.

- Dét kan ikke komme på tale. Freja har altid boet hos mig, og det er mig, der er moren!

Puks advokat bakkede op om hende og sagde, at man ikke kan flytte et barn, der bor sammen med en storebror.

På det tidspunkt havde Puk ikke noget arbejde. Hun havde ingen indtjening. Jeg var bekymret for, om det hele kunne løbe rundt, og om hun overhovedet kunne forsørge Freja.

Jeg havde fra starten sagt til min familie, at jeg var sikker på, at det ville ende med, at Freja kom hjem hos os at bo. Det følte jeg mig sikker på, fordi Puk kunne ikke opretholde det liv, hun førte. Hun kunne ikke passe sine børn. Det ville ramle på et tidspunkt. Det var bare et spørgsmål om hvornår. Og om det er tidsnok til at redde Freja.

Økonomien fik hun talt sig ud af. Det godtog retten. Også selvom hun ikke kunne fremvise nogle selvangivelser eller opgørelser over noget som helst.

Puk blev igen personlig og kaldte mig de værste ting. Pia fra Møllen havde lavet en udtalelse om, at jeg havde været i Minnesotabehandling. Og at jeg på dette tidspunkt havde været ædru i fire år.

- Men han er alkoholiker og misbruger! forsøgte Puk sig.

- Er vi ikke ovre dét? afsluttede psykologen dén sag.

Der var ingen empati fra Puks side. Det var en uretfærdig og hård kamp. Men det hjalp for mig at være ordentlig og holde fokus på, hvad det drejede sig om.

Mange gange havde jeg lyst til at skrive til hende og skælde ud. Og jeg *har* skrevet en meget lang sms. Og så slettet det hele. For jeg vidste, at hvis jeg sendte det, ville der komme lort tilbage. Og det var ikke det værd. Overhovedet ikke.

På et eller andet tidspunkt må man give slip. Man må ikke lade det gå én på. De ting, hun skrev om mig, blev jeg nødt til at sortere fra. Dem kunne min psyke ikke holde til. Ellers kunne jeg ikke overleve.

Jeg fortalte min version af vores oplevelser af Frejas sociale afvigelse, og at hun – baseret på min mors erfaring - ikke agerede som et barn på fire år.

I byretten blev sagen udsat, og Puk fik et halvt år til at få skabt et stabilt fremmøde i børnehaven.

Efterfølgende skulle pædagogerne komme med en ny udtalelse.

Derudover fik vi lavet om på vores samværsaftale, så jeg skulle hente Freja en time tidligere fra børnehaven og aflevere hende kl. 18. Men jeg skulle stadig køre frem og tilbage, fordi Puk ikke mente, det kunne komme på tale, at hun skulle tage toget, før hun var fem eller syv år gammel.

Jeg følte ikke, at jeg var med i Frejas liv. Derfor fik vi sammen med dommeren aftalt at lave en bog, hvor Puk i det følgende halve år skulle skrive, hvad Freja lavede hjemme hos hende, og hvor jeg skulle skrive, hvad vi lavede i mine weekender.

Der var ingen retsmøder i det halve år. Men jeg havde kontakt med min advokat for at følge med i, hvordan det gik, og om hun havde hørt noget.

I mellemtiden snakkede jeg med børnehaven, og en enkelt gang var min mor med. Vi var stadig bekymrede, men rådgiveren sagde, der ingen reel bekymring var, så de kunne ikke gøre noget.

- Hvad skal der til, for at der er en bekymring?
- Jamen, der skal være vold, før at nogen kan gribe ind."

Fysisk vold skal der altså til, før kommunen griber ind. Og bliver barnet endelig tvangsfjernet, bliver det ikke overgivet til den anden forælder med det samme.

Da der var gået noget tid med denne dagbogsløsning, prikkede en af pædagogerne i børnehaven mig på skulderen og trak mig til side, da jeg en fredag hentede Freja.

- Jeg har læst i den der bog, Freja har med. Og det passer altså ikke, hvad der står!"

Et sted i bogen, havde Puk skrevet, at hun havde haft en hest med oppe i børnehaven, og så havde de lavet trækketure.

- Vi har aldrig set en hest heroppe. Freja bliver afleveret op ad formiddagen, og så bliver hun hentet, når vi har lukket.

Ifølge bogen var der ingen grænser for, hvad mor og datter havde været til af kulturarrangementer, og hvor ofte de været ude og spise og leget prinsesser. Jeg troede ikke på det. Hjemme hos os hyggede vi os bare. En dag var bogen væk. Og så løb dét ud i sandet. Vores samarbejde kom aldrig til at fungere. Puk følte, det var mig, der har ødelagt det, fordi jeg i første omgang var gået i statsforvaltningen og retten. Jeg overvejede at opgive det hele.

*

Puk flyttede til Tikøb. Freja startede i 0. klasse i en lille skole i byen.

Det var en fed oplevelse som far at hente sit barn i skole. Men mange gange, hvor jeg hentede hende, havde hun ikke rent tøj på, og hun lignede et fugleskræmsel.

En gang så jeg hende i nederdel, trøje og træsko uden strømper i ti graders frost. Og ofte sad hun alene på en gynge.

Puk havde fået en kæreste. Og for at det skulle passe sammen med *hans* børn, ville hun gerne bytte weekender. Det passede mig rigtigt dårligt, for det betød, at mine årlige, fasttømrede fiskeweekender med nogle kammerater nu blev børneweekender. Men Puk ville have det sådan.

75

Så da det blev fiskeweekend, havde Freja og jeg aftalt, at farmor og farfar skulle hente hende i Tikøb og tage hende med hjem til Helle.

Jeg sad i en jolle ti kilometer ude på en norsk fjord, da min far ringede til mig fredag eftermiddag. Han vidste ikke, hvor han var henne. Deres bil havde ingen GPS, der var ingen vejnavne, og de skulle være på Frejas skole en halv time senere. Det ville de ikke kunne nå. Så jeg ringede til skolen og sagde, at farmor og farfar, der skulle hente, var lidt forsinket. Intet problem, sagde de på kontoret. Men det, jeg tænkte på ude i jollen, var, at jeg *aldrig* i den tid, jeg havde hentet Freja på Sjælland, var kommet for sent. Så jeg havde det frygteligt. Jeg vidste godt, det ikke var mine forældres skyld, at de ville komme for sent. Men det kunne hurtigt blive brugt mod mig.

*

Mine far og mor var og er min tryghed, min base. Jeg havde jævnligt kontakt med dem, mens jeg boede på Sjælland. De vidste ikke, hvad de skulle gøre for at hjælpe mig ud af mit misbrug. Hver gang, de bragte det på banen, blev jeg sur og afvisende.

Jeg boede hjemme hos dem, indtil jeg skulle ind og afsone en dom for falsk forklaring for retten.

Engang, jeg var ude at køre med Jørgen, blev han stoppet af politiet på en tankstation. Han havde ikke noget kørekort og ville selvfølgelig få en bøde for at køre uden.

Da Jørgen kom til afhøring hos politiet, sagde han, at det ikke var ham, der kørte bilen. At det var mig. Til mig sagde han, at hvis jeg bare sagde sådan og sådan, ville der ikke ske mig noget. Der var nemlig kun én landbetjent, som havde set ham på tankstationen. Det gik jeg med på og vidnede i retten.

- Det var mig, der kørte bilen. Jørgen sad lige bag ved mig.

- Og dét er du helt sikker på?

- Ja, selvfølgelig.

Det var politiet ikke sikre på. Så sagen røg videre til byretten. Og der forklarede jeg igen, at det var mig, der havde kørt bilen. Så løb sagen lidt løbsk for mig. For den blev anket til landsretten. Men inden, det nåede så langt, tog jeg ned til politigården og krøb til korset over for betjenten, der havde anholdt Jørgen.

- Tak, fordi du siger det. Men løbet er kørt. Du kan ikke undgå at få en dom for falsk forklaring.

Jeg tror, at tanken om, at den løgn også skulle være en del af det samlede billede, blev for meget. Og jeg havde nok håbet, at jeg ikke skulle ind og sidde, hvis jeg indrømmede løgnen.

Jeg udskød og udskød afsoningen, indtil den ikke kunne udskydes mere. Og i februar 2006 røg jeg i fængsel i 60 dage.

Min lillesøster og min far afleverede mig på Kasserødgård. Min far græd. Det havde jeg det svært med. Der er sgu ikke nogen forældre, der skal sætte deres barn af ved et fængsel!

Mens jeg sad inde, havde både min far og jeg rund fødselsdag med en uges mellemrum. Jeg havde fået udgang til min egen fødselsdag. Men jeg ville også gerne have det til min fars. Jeg skulle desuden til retsmøde i Helsinge. Så det var faktisk tre gange, jeg skulle afsted. Retsmødet kunne jeg sagtens få udgang til. Men de to §31 for "udgang til særligt formål" er svære at få, når det er to weekender lige efter hinanden på så kort en straf. Jeg talte med fængselsbetjenten. - Det tror jeg ikke, du kan få. Men hvis du ka' fremvise en ren urinprøve, så ka' det godt være.

Umiddelbart er fængslet ikke noget dårligt sted at være. Man sulter ikke, og der er en seng.

Når man er i fængsel, skal man arbejde. Enten på tømmerværkstedet og skrue paller sammen. Eller som gangmand. Vi manglede en gangmand. Det ville jeg gerne være. Og så fik jeg hele syv kroner i timen.

Min cellekammerat røg hash. Det gjorde mange af de

andre også. Men fordi jeg skulle vise en ren urinprøve, kunne jeg ikke være med. Fængselsbetjentene giver ikke noget tidspunkt for en prøveudtagelse. Man må vente. Og pludselig en dag kommer de og siger, at nu er det nu.

I fængslet bliver man præsenteret for et program, hvis man skal igennem en alkoholafvænning. Men jeg var jo ikke alkoholiker. Så det skulle jeg selvfølgelig ikke.

Hele februar røg jeg overhovedet ikke hash. Det krævede viljestyrke fra mig at kunne fremvise en clean urinprøve. Da tiden endelig kom, tog de mig med over på hovedbygningen for at afgive prøven. I rummet var der et spejl over hovedet på én og ét ved siden af, som peger ned på ens tissemand. Man er fuldstændig overvåget.

- Jamen, jeg ka' ikke tisse på kommando. Og da slet ikke, når nogen kigger!

Når man skal afgive, er det enten eller. Enten afgiver man, eller også kan man nægte at afgive den. Nægter man, bliver man sat i isolation. Men jeg kunne ikke. Så jeg måtte nægte at afgive den.

- Hvis du ska' ha' mig med over og afgive prøve, er du nødt til at ta' mig med om morgenen, inden jeg har været ude og tisse.

Igen kom betjenten uanmeldt og ville have mig med. Så kunne jeg igen ikke.

79

- Så må du sætte mig i iso.

Jeg blev smidt i isolation og måtte vente på, at jeg kunne. Efter nogle timer bankede jeg på døren.

- Nu ska' det være!

Jeg fik afgivet en urinprøve og fik mine tre udgange. Og så fik jeg røget noget hash!

Da jeg kom ud til min fars fødselsdag, var mine forældre bekymrede.

- Kan du ikke nok la' vær' med at drikke så meget?"

Det gik jeg med til. Men jeg holdt det på ingen måde. Fødselsdagen kom i stedet til at dreje sig om mig; at det var synd for mig, fordi jeg havde en lille datter og var i fængsel. Jeg skabte mig og var fuld og irriterende. Og jeg ødelagde min fars 60-års fødselsdag.

Min egen 30-års fødselsdag var heller ikke noget at råbe hurra for. Jeg havde et par venner på besøg, ikke noget stort. Da jeg kom tilbage fra udgang, fik jeg en kage. For nu var jeg jo blevet 30.

Resten af tiden i fængslet skulle bare gå. Jeg fik slået fem dage af tiden, fordi der skulle være plads til en ny indsat. Da jeg kom hjem, startede jeg med at arbejde på fuld tid hos min far i tømrerfirmaet. Der blev ikke mere snak om den ødelagte fødselsdag.

*

Puk og jeg talte om, at Freja skulle begynde i SFO efter skole for at styrke hendes sociale samvær med andre børn. Men Puk havde ikke råd. Endnu en gang rykkede hun teltpælene op og flyttede ud på en landejendom hos en ældre mand og hans hustru, som havde noget jord og en ekstra lejlighed. Når jeg hentede Freja, følte jeg mig ikke velset. Puk kom ikke ud og afleverede hende. Jeg skulle helt ind i ægteparrets hus og banke på døren til lejligheden. Her boede de næsten al den tid, Freja gik i 0. og 1. klasse.

På et tidspunkt blev jeg ringet op af hustruen, som jeg havde en lang samtale med. Hun fortalte, at hun havde fået at vide af Puk, at jeg prøvede at tage Freja fra hende. Sagen var nemlig den, havde Puk fortalt hustruen, at hvis jeg ikke kunne få Freja hjem til mig, kunne jeg ikke få lov til at overtage min fars firma eller arve efter ham.

- Hun er jo rablende vanvittig", sagde hustruen. Og hvis der er noget, vi kan gøre for at hjælpe jer fædre, så I kan få børnene, skal I bare sige til!

Hustruen ringede igen efter et stykke tid for at fortælle mig, at det hele var gået i hårknude, og at de havde indberettet Puk til kommunen. Ægteparret syntes, at børnene mistrivedes. De oplevede flere gange, at storebroren var ladt alene med Freja for at passe hende. Og at Freja kom ind til ægteparret om eftermiddagen, når hun kom hjem fra skole.

- Der er noget helt galt, mente hustruen.

I løbet af samtalen fortalte hun desuden, at Puk havde lagt sag an mod hendes 70-årige ægtemand, fordi Puk mente, han havde taget kvælertag på hende. Hun kunne nemlig fremvise kvælningsmærker. Ægtemanden blev dog pure frifundet, for der var ikke hold i anklagen. Det havde resulteret i, at ægteparret havde fået kameraovervågning på hele deres ejendom.

Hustruen afsluttede samtalen med at fortælle, at Puk på et tidspunkt anmeldte ægtemanden for at køre over hendes fod med traktoren. Bagefter ringede Puk til politiet og råbte og skreg. Freja overværede det hele. Politiet afhørte dem alle. Men på overvågningsvideoen, som hustruen sidenhen sendte til mig, kunne man se, at da ægtemanden bakkede med traktoren, stak Puk selv sin fod ind under traktorens hjul.

Trods den episode nægtede Puk at flytte fra ægteparrets ejendom, og de kunne ikke få hende ud. Jeg snakkede løbende med dem om, hvordan det gik. De så ikke længere hverken Freja eller hendes bror, for det måtte de ikke for Puk. Til sidste meldte ægtemanden hende til fogeden, så hun kunne blive fjernet med magt. Men det krævede en hel del, for det var også ti heste, der skulle væk.

Efterfølgende fik Puk en lejlighed på en ejendom i Karlebo, hvor hestene også kunne stå.

*

Det er efter min mening ikke hensigtsmæssigt for et barn at opleve så voldsomme voksen-ting. Men hver gang jeg indberettede noget til kommunen, skulle kommunen partshøre Puk som modpart. Hvis den ene part er bedre til at forklare sig end modparten, er der ikke noget at gøre.

Hver gang, der blev sagt noget om mig, så skulle jeg modbevise det. Så modparten kunne lyve lige så meget, hun ville, for det var mig, der skulle modbevise. Det var hårdt og op ad bakke. Jeg syntes ikke, det var rimeligt, at sagen ikke blev undersøgt mere dybdegående. Hvorfor kan kommunerne ikke gå ind og se, hvad politiet har skrevet i deres rapporter? Hvorfor kan de ikke arbejde sammen?

Jeg synes, det er frygteligt, at man som far ikke kan gøre noget. At man er helt alene. At der ikke bliver reageret på de følelser og bekymringer, man har. Det var så synd for Freja, og jeg kunne ikke hjælpe hende.

Efter det halve års udsættelse blev der afsagt dom i byretten. Puk skulle beholde bopælen.

Mia og jeg følte, der var nyt i min sag, eftersom Puk ikke havde overholdt den dom, der var afsagt. I udtalelserne fra børnehaverne kunne vi læse, at de alderssvarende sociale kompetencer, Freja burde have, havde hun ikke.

Freja var ikke ked af det. Hun græd ikke. Hun var heller ikke glad. Hun grinte ikke. Hun udstrålede ikke den glæde, som børn generelt har, når de løber skrigende rundt og leger. Freja var meget afrettet. Hvis man bad hende tage sine sko på, sagde hun bare ja. Ta' dit tøj af og gå i seng. Ja.

Selv hvis hun så film, og vi bad hende slukke, var der aldrig noget udbrud. Ingen modstand. Hun svarede aldrig nogensinde igen. Dét fik alarmklokkerne til at ringe.

Ud fra udtalelserne fra børnehaven stykkede Mia og jeg et skriv sammen, som forklarede, at aftalerne ikke var blevet overholdt.

På baggrund af det, blev vi indkaldt til landsretten.

Det værste med den situation var, at Mia ikke havde foretræde for landsretten, så jeg skulle have en ny advokat fra samme advokatfirma. Erik Jørgensen viste sig at være både dygtig og villig til at hjælpe.

I landsretten fremsatte vi de samme punkter som i by-retten samt udtalelser fra børnehaverne og det faktum, at Puk ikke havde overholdt de aftaler, byretten lavede med hende.

I landsretten mente dommeren ikke, at der var bekymring nok til, at jeg kunne få fælles forældremyndighed eller bopælen. Og derfor tabte jeg begge dele.

Til gengæld blev det stadfæstet, at Puk skulle sætte den nu seksårige Freja på toget i København, og at jeg skulle hente hende på stationen i Hobro.

Så i stedet for at køre frem og tilbage, som jeg efterhånden havde gjort i fire år, skulle jeg nu bare betale togbilletterne. Det var lidt en sejr, selvom vi tabte resten. Og så måtte jeg leve med dét.

*

Det fungerede rigtig godt med togtransporten. I hvert fald i starten.

Toget med børneguiden kører fra KBH til Ålborg hver fredag og retur om søndagen. Der er et begrænset antal pladser på togene, så jeg bestilte billetter hos DSB for tre måneder ad gangen.

Hver gang jeg afleverede Freja på toget om søndagen, fik hun den næste billet med hjem.

Alligevel havde jeg altid en eller anden frygt for, at hun ikke var med toget næste gang. For dengang jeg selv kørte, vidste jeg, at når jeg kørte hjem igen, var hun altid med.

Og min frygt var begrundet. For på et tidspunkt begyndte billetterne af en eller anden grund at forsvinde. Puk mente, at jeg med vilje ikke havde lagt billetterne ned i Frejas rejsetaske for at sætte hende, Puk, i dårligt lys.

Så begyndte sms'erne at vælte ind med beskyldninger om, at jeg aldrig overholdt noget som helst.

Til sidst måtte jeg bede hende om at lade være med at skrive, hvis det ikke omhandlede Freja direkte.

Jeg var i mellemtiden i dialog med en socialrådgiver fra Fredensborg. Han sagde, som de andre, at han kun kunne råde og vejlede inden for den lovgivning, de havde.

- Hvad skal jeg så gøre?

- Du må klage.

Jeg blev en smule sur og følte, at kommunen sad på hænderne og ventede på, at tiden gik.

Men der var alligevel nogen, der havde kigget på bekymringsskrivelsen. Så Fredensborg Kommune var pludselig også bekymret for Freja og ville gerne hjælpe.

Det blev besluttet, at Puk og begge børn skulle i familiebehandling. Puk skulle til nogle samtaler på kommunen, og børnene fik tilkendt hver en kontaktperson.

Freja så sin kontaktperson én gang om ugen, hvor de gik i svømmehallen og fik snakket.

På et tidspunkt ringede kontaktpersonen til mig, mens Freja var der.

- Jeg er blevet nødt til at skrive et brev om min bekymring til socialrådgiveren på baggrund af, hvad Freja har fortalt mig. Og det bliver jeg nødt til at fortælle hendes mor, at jeg har gjort.

I brevet ville der komme til at stå, at kontaktpersonen fandt nogle af Puks opdragelsesmetoder og reaktionsmønstre over for i hvert fald Freja dybt bekymrende, og at begge børn virkelig havde brug for omsorg. Kontaktpersonen fortalte mig desuden, at Freja ikke havde fået nogen fysisk omsorg fra sin mor. Men at hun måske havde forsøgt at give Freja kærlighed ved at slæbe hende med til forskellige ting som ballet og violin.

Jeg forstod det ikke. Hos Helle og mig fik Freja al den fysiske omsorg, vi overhovedet kunne komme til at give hende. Selvom det var underligt for hende i starten, kom hun efterhånden mere og mere af sig selv og ville kramme.

Puk havde to vandflasker med børnenes navne på. Hvis de ikke hørte efter, sprøjtede hun vand på dem. Når hun straffede dem, skulle de lave armstrækninger eller løbe rundt udenfor på bare tæer.

Freja blev skånet en smule, men Puk straffede storebroren meget hårdt. Han havde blandt andet stået i en mudderpøl i regnvejr og lavet armstrækninger. Det havde andre observeret, og storebroren havde selv fortalt det til sin kontaktperson. At de to børn ofte var alene, fandt kontaktpersonen også meget bekymrende. Freja sagde, hun ikke blev slået. Men at det var storebroren, der tog tæskene for hende. Hvis Freja havde gjort noget, hun kunne risikere at få skæld ud for, gjorde broren noget, der var værre for at beskytte Freja.

Freja var så bange efter det telefonopkald, at hun næsten ikke turde komme tilbage til sin mor. Hun var bange for, hvordan hendes mor ville reagere. Det skræmte mig.

- Hvorfor, Freja?

- Når mor er sur, bliver hun ved at være det længe. Og så bliver vi straffet. Når mor er sur, skal man dukke sig og være usynlig. Hvorfor må jeg ikke bare blive her? Så skulle jeg være diplomaten.
- Fordi du bor hjemme ved mor. Det er sådan, det er lige nu.
Det var så hårdt at skulle give slip på hende efter en weekend. Men jeg blev nødt til at acceptere det.

Det brev, der efterfølgende blev sendt til Puk, resulterede i, at Freja ikke fik lov til at se sin kontaktperson mere.

Det var en katastrofe, at der ikke var nogen fra kommunen, der havde nosser nok til at få presset igennem, at Freja *skulle* se kontaktpersonen. Men det er frivilligt at deltage, når det kun er på baggrund af en bekymring.

Hende, der ejede ejendommen i Karlebo, sagde Puk op, fordi hun selv skulle bruge lejligheden.

Så havde de igen ikke noget sted at bo. Derfor flyttede de alle tre ind hos Puks ven i en etværelses lejlighed på 4. sal i Københavns nordvest kvarter. Det bekymrede mig meget, at de skulle bo derinde. Dels fordi det var en etværelses, og dels fordi Freja stadig gik i skole i Karlebo, hvortil Puk kørte hende og storebroren hver dag. Broren blev sat af ved en bus og skulle nogle gange vente 30-45 minutter på den næste. Også Freja kom for sent.

Jeg kunne ud fra iagttagelser af den måde, Freja reagerede på, se, at hun mistrivedes. Hun var gennemsigtig og bleg, havde sorte rande under øjnene og filtret hår uden glans. Når hun kom i skole og så lidt forhutlet ud, blev hun målet for mobberi og drilleri. Hun var stille, sagde ikke noget. Fortalte ikke, hvad der skete. Var meget indelukket.

Dertil kom den usikkerhed en del flytninger kan resultere i. Hvor skal vi være? Hvor hører vi til?

Nu var der så mange bekymringer fra min side, at jeg begyndte at brokke mig til Puk. Det gjorde bare tingene værre og værre. Men jeg syntes ikke, det var i orden, at de boede fire mennesker i en etværelses lejlighed og samtidig med, at Puk havde 15 heste gående i Fredensborg.

Så sælg da nogle af dem!

*

Da Freja var ni år gammel, blev jeg ringet op af en socialrådgiver fra Bispebjerg Kommune i København. Der var blevet indgivet en anonym bekymring for Freja, og jeg blev derfor indkaldt til endnu en partshøring.

- Men eftersom du bor så langt væk, kan vi ta' den over telefonen.

Rådgiveren fortalte mig, at de skulle have børnene og Puk ind til samtale. Jeg fortalte så, hvordan jeg følte, Freja havde det og om de bekymringer, jeg selv gik med. Samtalen sluttede, og jeg fik at vide, at jeg ville høre fra dem, når modpart var blevet hørt.

Fjorten dage efter havde jeg stadig intet hørt, så jeg ringede selv derind. Hende, som jeg havde talt med, havde i mellemtiden flyttet afdeling.

Kommunen havde dog stadig en reel bekymring for Freja og hendes bror. Der ville blive sat nogle samtaler i værk, som Puk ville blive indkaldt til, og så ville jeg høre mere.

Jeg talte med storebrorens far, som fortalte, at han også havde oplevet forsinkelser på grund af overflytninger af medarbejdere. Nu var han nået dertil, hvor han ville prøve at få sin søn på efterskole.

Da jeg endelig blev kontaktet af kommunen, havde de henlagt sagen. Socialrådgiveren fortalte mig, at de havde haft børnene inde til samtale og havde talt med Puk to gange. Og ud fra dét var der ikke nogen grund til bekymring.

- HVAD?! Er der ingen grund til bekymring?
- Nej, det er der ikke.
- Og dét har du konkluderet ud fra tre samtaler?

- Ja, det har jeg, og hvis sagen skal tages op igen, skal der komme en ny bekymring.

Og *så* søgte jeg aktindsigt.

Jeg ville gerne se, hvad der var gået galt. Jeg fandt nogle skrivelser om, at Fredensborg Kommune havde overgivet sagen til Københavns Kommune. Derefter var der noget sniksnak frem og tilbage om, hvem der havde ansvaret. Jeg ringede igen til socialrådgiveren.

- Hvad gør vi så nu?

- Jamen, vi gør ikke noget. Nu er sagen henlagt.

- Hvem har *så* ansvaret?

- Når der ikke er nogen bekymring, er der ikke noget at tage ansvar for. Det er ikke nogen stor lejlighed, de bor i, men det er der mange andre, der også lider under."

Jeg blev vred. Jeg kunne ikke forstå, at de samtaler, Københavns Kommune havde haft med de andre kommuner, Puk var flyttet fra, ikke havde givet dem anledning til at gå mere i dybden med en undersøgelse. Men det var ikke tilfældet, for rådgiverne havde gjort, som loven siger, de skulle. Desuden var der ikke ressourcer til andre tiltag. Derfor valgte de at henlægge sagen. Og så kunne jeg ikke gøre mere ved dét.

Freja selv havde fortalt mig, at hun sov på et fåreskindstæppe på stuegulvet i københavnerlejligheden, og at hun havde én skuffe med sine ting i.

Hun fortalte også, at hun og hendes storebror var meget alene i lejligheden. Flere gange havde de to børn og deres mor desuden overnattet i bilen på stadion oppe ved skolen.

Næh, der er skam ingen grund til bekymring...

*

I september 2016 fik jeg at vide af Frejas storebrors far, at han havde fået bopælen over sin søn samtidig med, at sønnen var startet på efterskole. Det var en sag, jeg af naturlige årsager ikke kunne følge med i. Men jeg var glad på deres vegne.

På det tidspunkt var situationen omkring vores togbilletter gået helt i hårknude.

Så der var flere grunde til, at jeg ringede til min advokat Mia Wagner og spurgte, hvad hun tænkte om det hele. For nu, hvor storebroren var flyttet, måtte der da være en reel bekymring?

Desuden var der flere ting, jeg slet ikke kunne få ind i mit hoved; ting som jeg slet ikke forstod.

Hvorfor skulle Freja nøjes med at ligge på et skindtæppe på gulvet i en kold lejlighed og have en enkelt skuffe, når hun hjemme hos mig havde sit eget værelse med god plads til hendes ting?

Hvorfor fik jeg ikke muligheden for at give hende et godt hjem med de ressourcer, jeg havde?

Jeg kunne heller ikke forstå, at når jeg fortalte det til kommunen, kunne de ikke se det. Og jeg kunne ikke forstå, der ikke var nogen kommunikation kommunerne imellem.

Det eneste, de åbenbart kunne tænke på, var, at det var Puk, der var primær omsorgsperson. De så ikke, at jeg havde mulighederne for at give Freja et bedre liv. Jeg var skuffet, ked af det og lidt opgivende.

Jeg kunne tydeligt mærke på Frejas opførsel, at Puk har fortalt hende ting om mig, for hun har stillet mig mange spørgsmål.

- Far, hvad har du gjort? Hvorfor er du sådan? Har du drukket?

Så var der måske kun én ting at gøre: give slip og lade dem få fred og give mig selv og Helle fred og vente på, at Freja blev ældre.

Hvad ville der ske, hvis jeg slap? Ville Freja så bare glemme, hvordan hun havde det hos mig og tænke, at nu var det sådan hendes hverdag var sammen med hendes mor? At det var sådan hendes liv skulle være? Eller ville hun blive ked af det og tænke, at hendes far ikke ville hende?

Hvis jeg mistede forbindelsen til Freja, ville jeg blive frygteligt ked af det. Man kan ikke give afkald på sit barn. Det kan slet ikke lade sig gøre. Ikke for mit vedkommende i hvert fald.

Tanken var der, indtil jeg så, hvordan det gik ud over Freja, når jeg pressede hendes mor. Og det er ikke meningen, det skulle gå ud over Freja.

Mia Wagner syntes, vi skulle prøve at få aktindsigt fra kommunen for at se, hvordan de syntes, det gik samt få en udtalelse fra Karlebo skole, hvor Freja stadig gik. Vi skulle med andre ord hele møllen igennem igen og forfra.

Da jeg denne gang udfyldte skemaet på statsforvaltningens hjemmeside, søgte jeg både bopæl og fuld forældremyndighed. For nu skulle vi have styr på det her. Tiden var ved at rende fra os. Efterfølgende blev jeg som forventet indkaldt til møde i statsforvaltningen sammen med Puk. Jeg ringede til Mia for at få hende med som bisidder til mødet.

Hver gang jeg skulle møde Puk, pumpede adrenalinet i min krop, og det hele rystede på mig. Hun kunne bringe mig fuldstændig ud af fatning. Og jeg havde svært ved at være i rum med hende. Derfor sad jeg i statsforfatningens mødelokale og håbede, at hun ikke kom. Og ganske rigtigt. Hun kom ikke. Så Mia og jeg holdt møde med juristen, der ringede Puk op og sagde, at hun skulle have været til møde.

Som sagen var nu, sagde min advokat og jeg, at vi kun var der for at føre sagen videre til retten. Juristen førte til protokols, at det blev en bopæl- og fuld forældremyndighedssag for retten. At der gennem længere tid havde været forsøg på samarbejde. Og at det ikke havde kunne lade sig gøre.

Det gik rimeligt smertefrit. Og *nu* kørte vi på.

Vi blev begge to indkaldt til retsmøde i byretten. Hvis vi ikke blev enige der, ville retsmødet blive afsluttet. Det blev vi ikke. Derefter blev det meddelt, at hovedforhandlingen ville gå i gang efter fem minutters pause. Dét havde jeg ikke set komme. Jeg havde regnet med, det ville blive trukket i langdrag, som jeg tidligere havde oplevet. Men nu gik vi altså direkte til hovedforhandling.

Det gik godt. Mia var god til at spørge ind til forskellige ting. Vi havde ekstraktet fra hele sagen med. Vi vidste godt, hvad der var sket alle de andre år, hvor det var Puk, der havde taget teten. Men Mia bragte Puk helt ud af fatning.

- Hvorfor må Freja ikke have en kontaktperson? Hvorfor har du ikke overholdt aftalerne?

Hele tiden sørgede Mia for at bringe Puk så meget ud af balance, at de ting, Puk fik sagt, var helt ude i hegnet.

Selvom jeg ellers var ret nervøs til alle disse møder, følte jeg alligevel en mærkelig ro. For jeg kunne ikke gøre noget. Jeg kunne kun være ærlig og fortælle, hvordan det hele var foregået.

Mia sagde efterfølgende til mig, at det var utroligt, jeg kunne være så rolig, når jeg tidligere havde stået til måls for rigtigt meget grimt i retten.

Jeg ved ikke, hvor roligheden kom fra; om jeg havde lært det på Møllen. Men jeg blev nødt til at finde den frem og acceptere, at tingene var, som de var. Om jeg tabte eller vandt – jeg kunne hverken gøre til eller fra.

*

Hovedforhandlingen var færdig. Jeg tror, at Puk godt vidste, der var sket en forandring, for hun begyndte efterfølgende for alvor at chikanere mig omkring togbilletterne. De forsvandt simpelthen.

Det endte med, at jeg hver anden tirsdag, når jeg havde hentet den næste billet, kørte jeg ind på posthuset, betalte 86 kroner og sendte den anbefalet, så hun havde den til om fredagen.

Men det lykkedes heller ikke. For hvis postbuddet ikke kunne aflevere brevet til hende fysisk, skulle hun selv hente det på postkontoret. Det gjorde hun ikke.

På et tidspunkt ringede Puk til mig fra Københavns Hovedbanegård med en grædende Freja, der ikke ville over til mig. De havde åbenbart fået indkaldelse til et skolearrangement.

Det var min weekend, så jeg ville blive rigtig ked af, hvis Freja ikke kom. Desuden vidste jeg godt, at arrangementet først var weekenden efter.

I stedte for at skrive til mig, fik Puk så Freja til at ringe og stille mig i en rigtig dårlig position. Hvad skulle jeg gøre? Jeg kunne ikke tvinge hende til at stå på toget i København. Men jeg prøvede.

- Du bliver nødt til at komme herover til mig. Det er aftalen.

- Men mor siger, jeg godt må la' vær'. Og jeg vil godt blive hjemme ved mor.

-Det skal vi ikke tale om nu.

Og så smækkede jeg røret på i afmagt. Det havde jeg det rigtig dårligt med. Men der var ikke andet at gøre. Og Freja kom ikke.

Det skete flere gange, at billetterne ikke blev hentet, og at Freja ikke kom. Puk sms'ede til mig. *Dit barn vil ikke se dig, og du kommer aldrig til at se hende igen!*

Jeg prøvede at få hende på samvær via fogedretten i København. De indkaldte os til møde. Men Puk kom ikke. Til gengæld kom Freja med toget fredagen efter. Det var weekenden før jul.

Hun kom ikke resten af året og hele januar.

*

Jeg vidste, at med byretssagens afslutning ville der komme en afklaring på sagen.

Før jeg fik retsudskriftet tilsendt, ringede advokatsekretæren til mig.

- Jeg har en god nyhed til dig, Martin. Du har vundet bopælen!

Freja skal have bopæl hos mig.

Jeg blev helt ekstatisk. Jeg havde vundet bopælen over mit barn! Det var fantastisk! Men jeg blev også skeptisk. Sagen havde varet i seks år. *Kan det virkelig lykkes at vinde noget i det her system?* Men den var god nok. Jeg ringede til Morten. Jeg ringede til Helle. Jeg gik op til min mor og far. *Det er fanme lykkedes!* Jeg var helt vild og ringede rundt til en masse mennesker.

Men der var som altid en ankefrist på afgørelsen. Og jeg kunne ikke få Freja udleveret, før fristen på de otte uger var overstået.

Den 12. februar 2016 begyndte vinterferie. Og den var min med Freja. Men jeg vidste, at Puk ikke ville udlevere hende.

Så jeg tog en drastisk beslutning. Jeg ringede til lederen af Fredensborg Skole og fortalte, at jeg havde vundet bopælsretten, selvom den skulle ankes. Jeg fortalte også, at jeg ville hente Freja på skolen, for det var min weekend og ferie.

- Men jeg henter hende lidt tidligere, så der ikke bliver nogen scene.

- Du bestemmer faktisk selv, om du henter hende før. Det er dig, der er forælder. Jeg skal nok informere klasselæreren og SFO'en om, at du henter hende.

Om fredagen kørte jeg derfor til Nordsjælland og bankede på døren til Frejas klasselokale. Freja kiggede hen på mig.

- Jeg ska' ikke med dig!

Jo, det skal du. Du skal med mig. Tag dine ting og kom med.

- Det vil jeg ikke!

Klasselæreren kom mig til undsætning og opfordrede også Freja til at tage sine ting og komme med. Freja ville ikke have sko på. Hun råbte og skreg og græd.

- Mor siger, du er et monster, og at du brækker armene på folk!!

Det endte med, at jeg måtte fange min egen datter og slæbe hende hylende og skrigende hen over skolegården. Hun bed og kradsede hele vejen.

Det var så frygteligt; noget af det værste jeg nogensinde har været udsat for. Jeg kæmpede for at hænge sammen, og jeg var ved at give op mange gange på vej hen til bilen.

Da jeg satte mig ind og kørte med hende ved min side, måtte jeg være skrap. For selvom vi sad inde i bilen, åbnede hun døren for at komme ud igen. Hun græd og græd.

- Hvorfor græder du, Freja?

- Jeg ved ikke, hvordan det hele skal være. Og mor siger, du er et monster.

- Men det ved du da godt, jeg ikke er. Har du nogensinde oplevet mig være sådan, som mor siger?

- Nej, aldrig.

- Har du det ikke godt hos os?

- Jo, jeg elsker at være der. Jeg ved godt, jeg skal bo hjemme hos dig. Og det er dét, jeg gerne vil.

- Hvad er der så?

- Mor bliver ked af det og sur.

På vejen hjem fik vi snakket en hel masse om episoden i skolen. Hun var så ked af, at hun havde sagt de ting om mig. Og hun syntes, hendes opførsel var så pinlig.

Det, jeg havde gang i, var faktisk kidnapning. Så jeg var lidt nervøs, da vi kom hjem, for jeg vidste ikke, hvordan Puk ville reagere. Senere på aftenen blev jeg ringet op af politiet i Hørsholm.

- Ved du, hvor Freja er?

- Ja, hun er her hos mig.

- Hun er blevet meldt savnet.

- Nej, det tror jeg ikke. Hun er her hos mig. Jeg har hende på ferie.

- Men Frejas mor siger, hun ikke skal være ved dig.
- Nå, men jeg har en afgørelse, hvor der står, at det er min vinterferie.
- Vil du ikke maile den til mig?

Jeg hørte ikke mere fra dem.

*

Vinterferien brugte jeg på at finde ud af, om jeg skulle beholde Freja hos mig, når ferien var slut eller ej. En paragraf i forældreansvarsloven siger, at hvis man som forælder føler, at ens barns ve og vel er truet, er man forpligtet til at gøre noget. Og jeg følte, at Frejas psykiske og legemlige situation var truet, når hun var hos sin mor.

Det var en stor beslutning at skulle tage, for det var som sagt kidnapning af mit eget barn. Men jeg ville gerne sikre mig, at hun fik det godt. Samtidig havde jeg jo en afgørelse, der sagde, at jeg havde vundet bopælen i byretten. Også selvom Puk havde mulighed for at anke.

- Jeg vil ikke hjem til mor. Jeg vil blive her.
- Du skal ikke hjem til din mor. Du bliver her, til det er overstået.

Så havde jeg valgt.

*

Puk skrev til mig, at Freja skulle hjem. Jeg svarede, at det kom hun ikke.

Mia Wagner opfordrede mig til at skrive en formel mail til hende som advokat, hvori der skulle stå, at jeg påberåbte mig retten ifølge forældreansvarslovens § 596, stk. 2 til at beholde mit barn, da hendes fysiske, psykiske og legemlige tilstand var truet.

Jeg fik efterfølgende en indkaldelse til fogedretten med en udleveringsbegæring. Den *skulle* jeg reagere på, så Mia og jeg tog i fogedretten.

Der fortalte vi, vi havde en ankesag, og at jeg havde handlet, som jeg havde, fordi jeg følte, Freja var truet. Og fordi jeg var bange for Puks reaktion. Jeg havde ikke taget Freja med i fogedretten, for jeg ville ikke risikere at skulle udlevere hende. Heldigvis fik jeg lov til at beholde hende, indtil der kom en afgørelse.

Vi blev indkaldt i landsretten d. 17. marts 2016. Mia havde stadig ikke foretræde.

Dengang vi tabte fuld forældremyndighedssagen i byretten, havde Puk ikke nogen advokat med, fordi hun ikke havde råd. Hun var en såkaldt selvmøder. Hun blev bedt om at lave et ekstrakt af sagen. Men idet hun var uden advokat til at hjælpe sig, blev min advokat Erik Jørgensen af landsretten bedt om at lave det for hende. Efterfølgende sendte han det til brug ved ankesagen.

Jeg havde vundet bopælen. Og da vi mødte i landsretten, var det derfor Puk, der skulle forsvare, hvorfor jeg ikke skulle have bopælen. Men fordi det var en ankesag, kunne jeg godt tage forældremyndighedssagen med igen, selvom jeg havde tabt den i byretten.

Da vi kom ind i lokalet, var der en masse urolig snak mellem Puk og de tre dommere. Hun var straks fyr og flamme.

- Jeg har ikke haft mulighed for at se sagen igennem!
- Der er jo ikke noget nyt i denne sag.
- Jeg vil ha' mere tid!
- Nej. Det kan ikke komme på tale.

Dommerne var fuldstændig skarpe. Der var ikke nogen slinger i valsen, selvom Puk var meget usammenhængende.

Mødet endte dog med, at hun alligevel fik en uge til at sammenfatte et processkrift eller en form for forklaring på, hvorfor jeg ikke skulle have bopælen. Min advokat Erik Jørgensen og jeg fik også en uge, hvis vi havde yderligere ting at bidrage med.

Jeg var næsten sikker på, at jeg ikke kunne tabe – i hvert fald ikke bopælen. Erik Jørgensen fortalte, at det var hans bedste overbevisning, at jeg ville kunne sikre, at samværet ville køre mere flydende og samtidig sikre, at Freja ville få en stabil opvækst.

Dagen efter ringede Erik med en opsummering til sagen.

Vores retsmøde dagen før var egentlig blevet hævet kl. 11.30. Men kl. 14.30 blev den sat igen, fordi Puk stadig var i lokalet. En retsbetjent var gået forbi retslokalet og havde set, at Puk stadig gik rundt derinde. Da han senere gik forbi igen, sad Puk i vindueskarmen med benene ud gennem vinduet. Der måtte en dommer og en retsbetjent til at hive hende ind igen og få fat i politiet.

I ankeperiode, hvor Freja boede hos mig, var hun på anmodning fra fogedretten til en psykologisk samtale, fordi de ønskede at få belyst, hvordan det stod til med hende.

De havde gjort meget ud af at fortælle hende, at det vigtigste var, at hun var ærlig. Det handlede ikke om mor og far. Det handlede kun om hende.

Hun fortalte, at hun helst ville blive boende hos mig. Når hun boede hos far, ville mor også have mere tid til sine heste. Men at det bedste ville være, hvis vi kunne finde ud af det sammen.

Psykologen konkluderede, at hun mellem linjerne mente, at Puk hellere ville bruge tid sammen med sine heste end sammen med sine børn.

Jeg ventede og ventede på at høre fra landsretten.

*

Lige i starten af april blev jeg ringet op af sekretæren derinde fra. De ville have Freja til yderligere en psykologsamtale.

Det er meget unormalt, at landsretten trækker en sag så langt ud. Og det gjorde mig en smule nervøs. Men ligesom tidligere kunne jeg hverken gøre fra eller til. Heldigvis sagde Erik Jørgensen, at vi måske kunne sende Freja til den psykolog, hun allerede havde været inde ved. På den måde kunne hun føle sig mere tryg. Og det kunne være en fordel for os, fordi psykologen måske ville kunne se et fremskridt hos hende i den tid, hun havde været hos mig.

Det godkendte landsretten. Så Freja talte med samme psykolog igen.

Efterfølgende skrev psykologen i sin rapport, at der var sket en klar forbedring på de tre uger mellem første og anden psykologsamtale. At Freja var meget mere klar i mælet om, hvad hun ville, og hvad hun ikke ville.

*

107

Kort tid efter fik jeg den endelige dom.

Jeg havde vundet det hele. Fuld forældremyndighed og fuld bopæl!

Hvis det havde været surrealistisk at vinde i byretten efter seks års kamp, var det endnu mere surrealistisk at vinde det hele i landsretten. Især fordi en far og tidligere misbruger egentlig ikke skulle have en jordisk chance for at vinde. Men nu stod jeg alligevel der og følte, at jeg havde vundet hele Matadorlegatet.

Du behøver aldrig mere passere start. Du kan bare blive stående.

Det var helt vildt. Jeg var ovenud lykkelig. Sådan rigtigt ind i hjertet.

Jeg tænkte på mine forældre. De havde været meget inde over. Det havde været hårdt for dem. Og for Helle. Det havde ikke været fryd hele tiden. Faktisk havde det været tæt på, at det kun skulle være mig og Freja fremadrettet.

Men livet havde heldigvis ikke været gået i stå i de seks år, for vi havde fået to børn mere i mellemtiden.

*

Fra jeg tabte første gang i landsretten, til jeg vandt sidste gang, brugte hele min familie og jeg meget tid på at snakke sammen.

Hvor længe skal man blive ved?

Som voksne kan man sagtens klare det. Men hvor meget kan Freja klare? Hvornår begynder det at gå ud over hende, at der kører en strid mellem hendes forældre?

Jeg er ikke i tvivl om, at der var stor påvirkning fra hendes mors side. Ting og spørgsmål Freja skulle tage stilling til hele tiden. Men der var også en masse fra vores side, som hun skulle tage stilling til.

I den årrække, hvor vi fik de to små, var Freja kun hos os hver fjortende dag. Hun var selvfølgelig en del af familien. Men hun var kun en del af familien hver fjortende   dag.

Den meget tætte tilknytning, som man får, når man har børn hjemme hele tiden, var der dengang ikke med Freja. Ikke fordi jeg ikke elskede hende på samme måde som de andre, men tilknytningen var bare ikke den samme.

Derfor kunne det ikke helt undgås, at Freja oplevede, at de to små krævede mere af vores tid.

Hun har altid været meget selvstændig. Hvis hun manglede noget, fandt hun det selv. Sådan blev hun opdraget hjemme hos sin mor, for der var ikke altid nogen til at holde øje med hende og hjælpe.

De to små er på ingen måde selvstændige. De kan næsten ikke selv gå, men vil bæres, for de har ikke behov for at være så selvstændige, som Freja havde.

Jeg lærte hurtigt at give slip på det i de perioder, Freja ikke var her. Ellers var jeg blevet sindssyg.

Når jeg afleverede om søndagen, lagde jeg det væk. Det blev jeg nødt til.

Det skete dog én gang, at jeg mistede kontrollen og svinede Puk til på det groveste. Så måtte jeg igen have fokus på, at sagen handlede om Freja. Ikke om hvad jeg syntes om Puk.

Jeg ville lyve, hvis jeg sagde, at jeg ikke har tænkt, at det bedste, der kunne ske, ville være, at Puk forsvandt, så Freja kunne komme over til mig. Så jeg kunne give hende noget tryghed.

Kan hun da for helvede ikke falde af hesten og brække nakken, køre galt i sin bil eller bare forsvinde fra jordens overflade? Kunne man ikke finde en eller anden, der gerne ville skyde hende? Hvad ville det koste? Der må være nogen, der vil tjene noget på at trykke på aftrækkeren. Kan man drikke sig pissefuld og køre hende ned og blive erkendt sindssyg i gerningsøjeblikket? Så ville jeg komme ud efter et år eller to for uagtsomt manddrab.

Heldigvis er der en mekanisme inde i en sund persons hovedet, der får overbevist én om, at det naturligvis ikke fungerer. Og Freja ville aldrig nogensinde tilgive mig. Og hvem siger i det hele taget, jeg ville få Freja, hvis det skete? Sådan nogle tanker har der været mange af, mens jeg sad i fuldstændig afmagt.

Det må være frygteligt som barn at være splittet mellem to forældre, når man gerne vil være sammen med begge to.

Det kan godt være, jeg kan tilbyde hende flere materielle ting. Men der er så meget mere end det. Hos os får hun også muligheden for at udvikle sig som barn. Og det vil hun ikke tænke over, før hun bliver ældre.

En kvinde, jeg kender, sagde på et tidspunkt, at Freja hopper mellem at være fem og treogtyve år. Freja ved rigtigt mange unødvendige ting. Og det er den påvirkning hun har fået fra samværet med mange voksne.

Men hvornår er nok nok?

Derfor talte vi om, at hvis vi tabte sidste omgang i landsretten, så ville vi slippe det. For så var Freja ved at have en alder, hvor hun ville tage mere skade. Hun ville blive sværere og sværere at samle op.

*

Da Freja startede på Skals skole, var hun ret hurtig til at sætte sig i respekt. Hun tog ingen shit. Så fik de slag. For hun var jo opdraget sådan. Den lille københavnertøs, som de kaldte hende, kunne godt sige fra. Men det var ikke sådan, det skulle være.

Jo længere vi er kommet, jo mere er hun blevet en 12-årig pige. Hun ved nu, at hun ikke skal overleve fysisk; at hun ikke behøver at slås. Men at hun skal mærke de ting, der sker omkring hende og sætte ord på.

Det er lidt ligesom mig selv, der drak følelserne væk for ikke at være i det. Freja har bare flyttet sig fra det. Men hun skal lære at mærke de ting, der sker med hende.

Fra hun startede på skolen, har hun gået hos en børnepsykolog, der siger, det er en proces, der kommer til at tage lang tid.

*

Efter vi vandt i landsretten, har der ikke været nogen kontakt med Puk. Freja har ikke set sin mor, siden jeg hentede hende på skolen i Fredensborg fredagen inden vinterferien 2016. Og Freja har ikke hørt fra hende. Overhovedet.

Selvom det er grimt at sige, er det på sin vis en fordel for Freja, at hun endnu ikke har hørt fra sin mor. På den måde kan Freja komme ovenpå, inden Puk tager kontakt. For det er jeg overbevist om, at hun gør. Jeg ved bare ikke hvornår.

Hvis der ikke bliver noget samvær med Puk, er det vores opgave at være hos Freja som familie, som forældre. Selvom Helle ikke er hendes biologiske mor, skal hun stadig være der for hende som en mor, der ville tage hende med ud og købe tøj og lave pigeting. Og det er hun. Freja savner sin mor. Det kan jeg godt forstå. Da vi var til forældremøde på skolen, skulle børnene skrive om deres forældre. Så læste læreren det op, og så skulle børnene gætte, hvem der havde skrevet det. Freja havde skrevet om sin mor og om, hvad de havde lavet sammen. Og det, syntes jeg, var rigtigt fint. Der skal være plads til Frejas mor. For hun *er* hendes mor. Det kan man aldrig tage fra dem.

*

På nogle områder er det stadig ubegribeligt for mig, at jeg har vundet.

Sidste sommer skulle vi til Norge i sommerferien, og Freja skulle have et pas. Og der er ingen, jeg skulle spørge om lov. Nu er det *mig*, der bestemmer. Det er lidt vildt, når jeg i alle de år har skulle spørge om lov til *alt*.

Det er selvfølgelig et stort ansvar, men sådan er det at

være forældre. Jeg mærker, det kommer naturligt. Jeg har et ansvar over for mit barn og hendes opvækst. Det er ikke barnets ansvar eller alle mulige andres. Det er mit.

Efterskrift

Mit hjerte banker for at hjælpe børn, der sidder i klemme i en familiefejde, som de slet ikke er en del i ud over at være så uheldige at have en mor og en far, der ikke kan finde ud af det sammen. Det er forkert i mine ører. Og der har både kommuner og staten givet fortabt.

Jeg ville ønske, jeg kunne råbe dem op og fortælle dem, hvad der sker med deres børn.

Børnene skal have en mulighed for at vide, hvad der sker med deres forældre, og hvorfor det sker. Det er ikke, fordi forældrene ikke vil deres børn. Men mange gange handler det om de følelser, der er klemt inde mellem to forældre, som ikke skal være sammen. Som begge to gerne vil børnene det bedste. Men hvem er det, der skal bestemme, hvad der er bedst for børnene?

I statsforvaltningen mener de ofte, at det er bedst for børnene at bo ved moren. Men hvorfor er det dét? Fordi hun har været den primære omsorgsperson, mener de. Men i forhold til hvad? At kunne amme?

Jeg er en far, som har fået fuld forældremyndighed og bopæl over mit barn. Det er en jordskredssejr. Men den sejr er ikke inden for normerne. Jeg har ikke ammet mit barn.

Og det mest bemærkelsesværdige er, at der aldrig har

været nogen fra kommuner eller forvaltningen hjemme og besøge mig for at undersøge, om det, jeg sagde, var rigtigt. Jeg kunne have bildt dem hvad som helst ind.

Står det til mig, er vi nødt til at finde ud af, hvor barnet har det bedst. Hvis en forvaltning eller en kommune kerede sig om barnet, ville de undersøge dét. Men sådan fungerer systemet ikke...

Kommuner er begrænsede af en lovgivning. Og lovgivningen siger, at man ikke bare kan flytte et barn. Det tager tid at beslutte, hvad der så skal ske. I mit og Frejas tilfælde tog det seks år.

Men på et eller andet tidspunkt taber man barnet i processen. Og det er dér kæden hopper af. Så bliver det for meget lov og ret.

På et tidspunkt i denne proces lærte jeg, at det ikke handler om følelser. Jeg har haft mange diskussioner med Helle og min mor og far om, hvorfor jeg ikke *gjorde* mere. Hvorfor jeg ikke fortalte, hvad jeg syntes eller følte. Men for kommunerne, for juristerne, for dommerne er det sagen uvedkommende. Det hjælper ikke at fortælle om den slags.

Hvis kommunen er ude i hjemmet og laver en §50 undersøgelse, er det ud fra, hvordan barnet fungerer.

Hvad kan barnet? Og hvad kan det ikke? Kommer det i skole? Kommer det ikke i skole? Deres opgave er at undersøge, om barnet holder sig inden for rammen. Og gør det dét, så er det sådan det er. Og det er fuldstændig forrykt!

Det er det samme i statsforvaltningen. Man bruger tid på at snakke med dem om at finde en løsning på at få samværet til at fungere. Men de kan ikke løse noget.

Hvis man skal have lavet en løsning, der er holdbar, så bliver man nødt til at gå gennem retten.

- Vi kan kun råde og vejlede og fastsætte samvær, siger de i statsforvaltningen.

Men hvad hvis der ikke er noget samarbejde? Hvad, hvis barnet ikke bliver afleveret?

- Ja, så skal du i fogedretten.

Hvorfor er der så noget, der hedder en statsforvaltning? Hvad skal man bruge den til? Når de alligevel ikke kan tage en beslutning. De fire gange, jeg har været der, har der ikke været noget at hente.

En advokat skal repræsentere sin klient, som han har fået informationer til, og hvis advokaten kun har fået den løgn, som klienten har givet, kan han kun respondere på dét, selvom det ikke er rigtigt. Det er ikke advokatens opgave at vurdere om noget er rigtigt eller forkert. Og det er altid op til sagsøgte – modparten

– hele tiden at skulle modbevise, hvad der bliver sagt. Hver gang, jeg fik at vide, at jeg drak og ikke kunne passe på mig selv eller et barn, skulle jeg bevise, at jeg ikke drak, og at jeg godt kan tage ansvar for et barn.

Men selvom der har været to §50 undersøgelser og indberetninger fra kommunen til forvaltningen, har der *aldrig* været nogen på min bopæl. Der har aldrig været én, der har spurgt til mine forhold, eller om det, jeg har sagt, var rigtigt.

Jeg kan ikke forstå, at en retssag eller en undersøgelse skal tage så lang tid, når kun én forældres forhold bliver undersøgt.

Der skulle gå seks år, før jeg blev hørt. Det er seks år, man har taget fra Freja. Det har tangeret misrøgt. Og der har manglet nogen, der har gået ind og sagt "det her går bare ikke!"

Der kommer flere og flere sager om nomadebørn, der flytter fra kommune til kommune og på den måde holdes skjult, fordi kommunerne ikke arbejder sammen. Der sidder nogle sagsbehandlere med et budget, de skal køre efter. Og hvis det, de finder ud af, ikke passer ind, prøver de at tørre sagen af på nogle andre, for de vil ikke have ansvaret.

Hvis man bliver syg og kommer på sygehuset hvor som helst i landet, er journalerne altid til at få fat i, for de ligger digitalt. Det burde være det samme med de

118

sociale myndigheder; om man bor i Viborg eller Københavns kommune, burde sagsbehandlerne kunne gå ind på personnumre og se, hvad der har været af sager omkring den pågældende familie.

Jeg skal passe på, hvad jeg siger, for det handler sandsynligvis om, hvordan ressourcerne bliver fordelt. Men når der skal nedsættes et udvalg, der skal have en pose penge hver eneste gang, der skal laves et nyt tiltag, så er pengene ved at være brugt, inden de får lavet de ting, der skal til. Men det ville spare samfundet mange penge i den anden ende, hvis registrene blev samkørt. Og måske endda liv.

Der er hjælp at hente

Hvad kan du forvente, når du indleder en forældre-myndighedssag?

Det er vigtigt at forstå, hvad man gennemgår, når man tager børn og voksne gennem sådan et forløb.

Hvis du er utilfreds med samværet med dit barn, skal du udfylde en ansøgning om ændring af samvær på statsforvaltningens hjemmeside.

På baggrund af ansøgningen indkalder statsforvaltningen begge parter (forældre) til et møde for at lave en samværsordning i fællesskab.

Kan der ikke opnås enighed, sendes sagen videre til retten.

Her har du mulighed for at få en beskikket advokat, der kan hjælpe dig med at søge fri proces.

Der er i Danmark tre retsinstanser – byretten, landsretten og højesteret.

(Det er dog sjældent, at en børnesag kommer i højesteret.)

Hvis man heller ikke bliver enige i byretten, træffer denne en afgørelse. Efter afsigelsen af en dom har man otte ugers ankefrist, hvis man ikke er enig. Man skal anke sagen til landsretten. Som anker kan du ikke få fri proces og ej heller en beskikket advokat.

Når sagen skal prøves (behandles) i landsretten, får man mulighed for at bringe flere aspekter ind i sagen. Det, der kan ske i mellemtiden, er, at der kommer nyt i sagen. Og det er det første, dommeren i landsretten spørger om: er der nyt i sagen?

Her gælder det om at finde nye beviser, der taler til ens fordel.

Det kan være udtalelser fra institutioner, skoler, SFO'er, psykologer mm.

Hvis landsretten efterfølgende stadfæster (bekræfter) byrettens beslutning, har man tabt sagen.

Derudover skal man forsøge at holde hovedet koldt og opføre sig anstændigt.

En bekendt spurgte mig, hvad han skulle gøre for at have en chance for at vinde bopælen over sit barn.

- Du skal slette alt det grimme, du har skrevet om din ekskone på Facebook. For kommer I i retten, kan hun bruge det mod dig.

- Tror du?

Nej, jeg ved det. For jeg har selv brugt Frejas mors Facebookprofil imod hende.

Det er i kampens hede ikke altid, at forældrene spiller rent spil. Set fra en forsmået forælders synspunkt gælder alle kneb åbenbart.

Hvis en far har bopælen over et mindre barn og er primær omsorgsperson, og skal kæmpe imod moren i statsforvaltningen, trækker hun måske misbrugskortet. - Du har misbrugt dit barn.

Så *skal* kommunen reagere, og tager derfor barnet fra faren og flytter det over til moren. Øjeblikkeligt!

Den efterfølgende undersøgelse af faren kan tage op til et år. Derefter finder kommunen ud af, at der ikke er noget i anklagen; at det var en løgn. Men så har barnet boet så lang tid hos moren, at det nu er *hende*, der er primær omsorgsperson, og så overgår bopælen til hende.

Det er forståeligt, at man som forælder bliver desperat. Men husk på, at hvis du handler efter forældre-ansvarsloven og henter dit bare "uden at have fået lov", så er det kidnapning.

Forhør dig altid med din advokat, før du handler. I mit tilfælde overtog fogedretten sagen, som ved kidnapning får status som en udleveringssag.

Der er mange praktiske elementer i skilsmisser og andre børnesager. Men det allervigtigste er at være ordentlig. Der er kun *en* taber i skilsmissekonflikter med børn. Og det er børnene.

Inden det går helt galt, så tal med hinanden, slug nogle kameler og samarbejd for børnenes skyld.

Alle børn har ret til en mor og far.

Nyttige link

Anonyme alkoholiker (AA)   www.dkaa.dk
Anonyme narkomaner (NA)   www.nadanmark.dk
Behandlingscenter Møllen   www.mollen.dk

Statsforvaltningen (hedder nu Familieretshuset)
www.familieretshuset.dk

Mandecentret   www.mandecentret.dk